「お前が婚約者か……
ぼくの足を引っ張らないようにしろよ」
（――はぁ～あぁぁぁぁ～っ‼‼‼）
転生令嬢の身を守る異世界ライフ術
衝撃は防御しつつ返すのが当然です

「やっちゃったわ」

口絵・本文イラスト　仁藤あかね

衝撃は防御しつつ返すのが当然です

IT'S NATURAL
THAT A RETRIBUTION
HAS BEEN DONE.

転生令嬢の
身を守る異世界ライフ術

TO～KU

ill. 仁藤あかね

死んでいく人とは思えないほどの明るい声と
無邪気な笑顔で話を始める母。
母は、哀しみよりもこれから
どうすればいいのかを考えて、
それぞれが精一杯生きていくことを望んでいた。
そして、自分の人生に悔いはないと。

「レミー、何だか久しぶりだね。癒される……」
部屋へ一歩足を踏み入れた瞬間、
横から腕が伸びてきて捕獲されました。
力加減もちっと考えてくれませんかね、兄よ。

CONTENTS

◆プロローグ

大陸を守るために結ばれた約束を破り続けた国から、立場的にどう考えても参加できないのにもかかわらず、強制的に国際会議の話し合いに呼び出《だ》され、何をさせられるのか、何を言われるのか、と恐恐《きようきよう》としていた時に、初めて会った金茶色の髪《かみ》で紅《くれない》の瞳《ひとみ》をした男の子に開口一番、

「お前が婚約者《こんやくしや》か……ぼくの足を引っ張らないようにしろよ」

と、嫌《いや》みったらしく捨《す》て台詞《ぜりふ》を吐《は》かれてさっさとどこかに行かれた、この時のイラッと《イラッときた》衝撃《しようげき》は中々のものでした。

◆第一章　異世界転生した私の9年間

私は、ゴアナ国のマルナ領主バルフェ辺境伯爵《はくしゃく》の長女で、レミーナ・バルフェです。テヨーワという世界に生まれたけど、前世の記憶《きおく》があって、

（――もしかして、異世界じゃね⁈　剣《けん》と魔法《まほう》ですか⁈　冒険《ぼうけん》ですか⁈）

と、転生に気付いてからこれからの大冒険《だいぼうけん》にウキウキしていました。しかし、現実は厳しかった。

テヨーワには大陸がいくつかあり、そのうちのひとつの円形の大陸に、北東にホザ王国、南東にゴアナ国、南西にイラルド国、北西にラハト帝国《ていこく》の大国4と、大国の間や大陸の海岸付近に中小国25～30があります。

この大陸で特徴的《とくちょうてき》なのが、『魔《ま》の森』です。

大陸には、ちらほらと大小の森林地帯が散らばっており、魔物《まもの》ももちろんいますが、大陸の端《はし》の北と南にある巨大《きょだい》な森林地帯の『魔の森』は、十数年に1度魔物《まもの》暴走――「怪《かい》物《ぶつ》の鼓動《こどう》」と呼ばれるモンスタービート――が発生するので、『魔の森』に接している

領地はすんげぇ大変なのです。

領地の片側がすべて南の『魔の森』に接している我《わ》がマルナ領は、戦闘《せんとう》ができなければ生きていけない領地なのです。

これを知った時は、

（――マジか!!　冒険よりも生き残るのに必死になるしかねぇ!!）

と、生存の危機に、ふわふわした冒険への憧《あこが》れが一気になくなり、生き残れるように全力を尽《つ》くす決意を固めました。

ええ、ガッツリとしっかりと。

しかも、このテヨーワの生活水準は中世っぽいですが、魔法があるためにすごく便利なものがあったりするのに、なぜここに魔法を駆使《くし》しないんだ?!　という感じで、ちぐはぐな印象の、科学がさほど発達していない、命の価値が低い、などの所謂《いわゆる》よくある異世界な感じだったのですから。

幸い、私は辺境伯爵令嬢《はくしやくれいじよう》だったので、飢《う》えることもなく知識や戦闘技術を貪欲《どんよく》に学べる環境《かんきよう》にあり、かつ安全な生活を送ることが出来ました。

（――目標は、１人で生きて行けるくらいの強さを!!）

（――でも、それなら異世界を楽しみながら!!）

をスローガンに、父や母、10才年上の兄に時折心配されながら、泣いたり、悔《く》やんだり、楽しくむちゃ……もしながら、強さを身に付けるために一生懸命頑張《いっしょうけんめいがんば》りました。

今までの出来事や生活ぶりはというと………。


――零才時――


父ファルガ、母ルーナ、兄オルコのバルフェ辺境伯爵一家の長女として、私、生まれました。

この国では超絶珍《ちょうぜつめずら》しい、黒髪《くろかみ》・黒目だったので、母が魔法で髪を濃《こ》い灰色、瞳を濃い紺《こん》色《いろ》に変化させました。

しかも、父母兄の秘密とされ、周囲には、極々《ごくごく》一部の信用のある方々にしか知らされなかったみたいです。

「黒色!!　この子美人だし危ないわ!!」

「なに?!　……うむ、……かわいいのう……」

「あなた！　デレている場合ではなくてよ。うちの国…………で帝国の…………」

生まれて初めて見たのは、灰色の髪で紺色の瞳のイケメン細マッチョと、銀色の髪で黒色の瞳の神秘的な美人の、よくわからない漫《まん》ざ……話し合いでした。

「うわー、ちっちゃくてかわいいー。僕《ぼく》、潰《つぶ》さないかな……？」

次に見たのは、美少年のデロデロに甘《あま》い笑《え》顔《がお》。眩《まぶ》しかった。目がつぶれるかと思った。

灰銀色の髪に紺色の瞳の兄です。父と母のいいとこ取りの顔面で、イケメン滅《ほろ》びろ！　と心の中で叫《さけ》んだことがあったような……。

そんな父母兄に可愛《かわい》がられながら、時に珍獣扱《ちんじゆうあつか》いを受けながらすくすくと……いや、ぬくぬくと生活していました。

ほぼ、人任せですが。

だって、立てない。しゃべれない。しかも、自《じ》我《が》はあるものの、前世の記憶と今世の記憶がごちゃごちゃで、意識が飛び飛びだったから。

前世の記憶を整理し、今世の情報を得るために、ベッドで天井《てんじよう》をボンヤリ眺《なが》めながら「あうあう」と訳のわからないことを呟《つぶや》いたり、笑顔の大盤振《おおばんぶ》る舞《ま》いで「抱《だ》っこしたくて堪《たま》らない病」に家族を陥《おちい》らせて家の構造・人物のひととなり・世界情勢などについて見聞きしたりしていました。

それでわかった事は、
・このテヨーワの世界では、金銀の光《ひか》り輝《かがや》く色と黒など濃い色を持つ者の魔力《まりよく》が高い。

・魔獣《まじゅう》がいる。剣と魔法もある。
・うちの領地は、強い魔獣が出るため危険度が高い。
・領民の戦闘力《せんとうりょく》が高い。
・うちの家族の顔面美形偏差値《へんさち》が高い。
・うちは二階建てで、大きい家。部屋数も10以上ある。
などでした。基本が前世の記憶なので、早いとこテヨーワの常識を勉強しなくては。

領民の戦闘力が高いという事は、日常生活で戦闘が当たり前に起こるという事で、自分で身を守る事が重要と悟《さと》りました。

また、家族の顔面偏差値が高いので、もちろん自分の顔に期待しました。が、なんか父や兄のようにキラキラしてないし、母のように美人に見えないこともないのだけれど、なんか地味でした。残念。

あと、父が辺境伯爵という爵位《しゃくい》を授《さず》かっていますが、前世の記憶にないことでしたので、「順位とか貴族ってなに?」という疑問もありましたが、年相応に少しずつ情報を集めていくことにしました。

ちなみに、家族を紹介《しょうかい》すると、
・父――――穏《おだ》やかで細かいことは気にしない。

が、筋が通っていない事は好きじゃない。

戦闘力が高い。主に剣。怒《おこ》らせると肉体的に……

・母――見た目はおっとり美人。が、中身はかなりしたたか。
魔法が得意で、魔力が結構高い。

敵対するものには、精神的にも肉体的にも容赦《ようしゃ》ない、女傑《じょけつ》。

怒らせると………ガクブルガクブル

・兄――顔は両親、性格は母似。しかも、母よりも容赦がない。
敵対しなければ、気にしない。

怒らせると笑顔で人の傷を抉《えぐ》る………いや、もっと……


こんな感じです。

屋敷《やしき》の人や周りの領民も、細かいことは気にしない性格のようです。なにせ、すぐそばに『魔の森』。

モンスタービートが起こらなくても、普通《ふつう》に魔物が闊歩《かっぽ》しています。

なので、人種や身分で危険度が変わるはずもなく、生きていく環境の難易度は、誰《だれ》しもが同じ。それならば、お互《たが》いにいがみ合うよりも、生きていくために知恵《ちえ》を搾《しぼ》りあう方が大変有意義です。

そんなわけで、領主・領民が仲の良い領地。まぁ、脳筋と呼ばれる人が多いってこと。

ついでに、獣人が他領よりも多いみたい。屋敷で働いているお兄さんお姉さんの中にもチラホラ耳としっぽがある方がいます。

これは、触《さわ》ってくれと言っているようなものと解釈《かいしゃく》し、子供の特権でモフモフさせてもらうことにしました。


——三才時——


拙《つたな》いながらもしゃべれるようになった頃《ころ》から、あれなに？　これなに？　の「なになに病」と、どうして？　なんで？　の「どうなん病」とからかわれるほど質問に明け暮れ、挙げ句の果ては13才の兄の勉強に一緒《いっしょ》に参加するようになりました。だって、前世の記憶があっても、世界観も価値観も違《ちが》うから、知りたくなるじゃない。

もちろん、邪魔《じゃま》はしませんでした。邪魔は。

なにせ、次期領主になるための教育もあったので。

私的には大変ありがたい情報満載《まんさい》でラッキーでした。しかも、私が質問して兄が答えれば兄の復習も兼《か》ねられるということで、父母はもちろん先生にも質問を止められることはなかった……はず。

兄もニコニコと笑顔で質問に答えてくれていたし。……夜中に兄が勉強していた事を知ったのは、ずいぶん後でしたが……。

うちの領地は、
・『魔の森』から取れる素材で結構豊か。
・農地は少なく、各家々で食べる分を作る程度。
・戦闘力の向上に力をいれている。
・他国も『魔の森』の素材を買いに来るため、有名な領地。
という特徴《とくちょう》があるようです。兄には、是非《ぜひ》ともこのまま、堅実《けんじつ》に領地を治めてもらいたい。

そして、完全に前世の記憶が整理できたのも、この頃でした。前世の名前や年齢《ねんれい》などはわからず、学校・会社・趣味《しゅみ》などの知識を得ました。ちなみに趣味は、キャンプとネット小説でした。……ネット小説の記憶が出てきた時には、打ちひしがれました。だって、悪役令嬢《れいじょう》ものやら成り上がりものやら、転生者が苦労する物語ばかりなんだもん。

世界観も価値観も違う世界なのに、前世の感覚で小説と同じことしたら「キチガイ」とか「変人」扱《あつか》いになるし。心から、テヨーワの価値観をしっかり勉強することが大事だと感じました。

それに、前世の知識を得ても、見たこともやったこともなく前世での推定結果（頭の中だけで終わってるから）でしかなければ、今の人生では何の役にも立たない。

やってみなきゃ現実問題どうなるかわかんないし。

（――行動あるのみ!!）

と、気合いを入れて勉強頑張《がんば》ることにしました。

詳《くわ》しい科学や技術についてては、ぼんやりとしか思い出せなかったけど、理解力の向上には繋《つな》がりました。ありがたや。ありがたや。


――――四才時――――

いつものように兄と勉強に励《はげ》む中、うちの領地と、自国・他国の関係性を知りました。
・どうやら、ゴアナ国の中でも我がマルナ領のバルフェ辺境伯爵は結構な上位貴族。
・家に古くからある地図とゴアナ国支給の地図が違うらしい。
・4大国＋約10の中小国で、２００年前に大切な契約《けいやく》が結ばれた。
という事でした。

地図に関しては、２００年前からある我が家《わや》の物と少し違うらしいけど、何で違うのか特に説明を受けることはありませんでしたし、私もあまり気に留めませんでした。

バルフェ領は、位置的に南の『魔の森』からゴアナ国内を守っています。

そのため、上位貴族でも権力のある家みたい。しかも、父は、騎士《きし》総団の中の、魔物担当の特務騎士団《きしだん》の団長。

騎士総団は、近衛団（王族を守る）・軍務団（国の防衛・警備）・特務団（魔物から国を守る）の3つからなり、それぞれ団長がいます。総団長は、必要時に国王が任命するので、通常時は三つ巴《みどもえ》。権力の分散素晴《すば》らしい。

それぞれの団長の仲は、良くも悪くもない。が、どうやら、うちの領の人達は他の騎士団や、遠くの他領に対して、あんまり良い感情を持ってない。しかも、口には出さないが国にも不満を持っているみたい。

なので、これからじっくりと他領地や国について知れば理由がわかるはず……。

兄には教えても、私には教えてくれないこともあるし。

ええ、自力で調べてみせますとも……時間はたっぷりある！

いつも通り勉強をしていたある日、急に見学に来た母に聞かれました。

「今まで、よく独り言をブツブツ言ったり、変な行動を取ったりしていたのに、おおっぴらにしなくなったわね」

「うちの家系的に早熟なのはわかるけど、おかしくない？」

と。おっとりと微笑《ほほえ》んでいるのに、黒い瞳は、――洗いざらい話しなさい!!　――と凄《すご》んでおり、私は母の目を見たままカチンと固まりました。

きっと、母は気になっていたけど今までは見て見ぬふりをしてくれていたのでしょう。不可解な私の行動に。

でもとうとう、心配な事を解決すべく、でもちょっぴり好奇心《こうきしん》に駆《か》られて、行動に出たんだと思います。

その後、目をキラキラと輝《かがや》かせ、興味津々《きょうみしんしん》に根掘《ねほ》り葉掘《はほ》り質問をしてくる母に、ギブアップしました。

そして、半泣きで、前世の記憶があること、自我があること、テヨーワにはない不思議な知識があることを話しました。母の後ろで兄がデレていたのは見なかったことにした。

（――美人の威圧《いあつ》はマジでこえぇ……）

前世のことも、父母兄の胸の中に仕舞《しま》われることに。テヨーワでは、たまに前世の記憶を持って生まれてくる人もいるそうで、心配ないとのことでした。

記憶の鮮明《せんめい》さを曖昧《あいまい》にしておけば……。

私の記憶の鮮明さは、上の下くらいとのこと。特に、学校・会社の記憶の価値が高いそうで。むやみやたらに知識を他人に喋《しゃべ》らないように注意されました。

（――いや、今まで、家族にも言ったことないのに、母が無理やり言わせましたよね?!）

チラッと母を見ると、冷笑《れいしょう》されました。触らぬ神にタタリなし……。そっと目線を外して、子供の特権、「よくわかんな～い」のぽやぽやした笑《え》みにチェンジしました。

それから、母には勉強に関しては大人と変わらない対応、肉体的・精神的には4才時への対応を取られるようになりました。

父は、普通……よりちょっと猫可愛《ねこかわい》がりだったけど。

兄の対応については、私の頭の回転が大人並みだと解《わか》っているのにそれを逆手にとって、よりデロ甘な態度をとられて、むしろこちらが羞恥心《しゅうちしん》を煽《あお》られることも。

一応2人とも前と変わりませんでした。

（――だが兄よ、私で遊ぶな）

また、仲良く兄と漫ざ……勉強をしているときに、初めて魔道具を見せてもらいました。危険性を考慮《こうりょ》して、剣と魔法の勉強はもう少し大きくなってからと言われたので、代わりに見たいとおねだりしたのです。

魔道具は、魔石に魔法を刻み込んで使う、あの便利なやつです。一家に2～3個はあるらしく、魔法の貴重さ・継続《けいぞく》時間（使用回数）・魔石の価値などで、値段がピンからキリまであるそうです。

火付け石や水の石などを見せてもらっていると、なぜか、母がまたもや参戦。

「レミーナは、どんな魔法が込められているといいと思う?」

慈悲深《じひぶか》い女神《めがみ》のような神々《こうごう》しい笑顔で、こっちにずいっと寄りながら言う母に、兄はいつの間にか母側に回った。

(――兄よ、妹を盾《たて》にするな。こうなった母が止まらないのはわかるけど……)

とりあえず、こんなのがあったら便利だよね? というものをポロポロと伝えてみると、すでに魔道具になっているものもあった。

ないものは、「ああでもない、こうでもない」と、母と兄が作れるかどうかを、なぜか相談していた。

ただ、テヨーワにはない概念《がいねん》で私も上手《うま》く説明できないものに関しては、作る人間が理解できない可能性があるので、たぶん作れないとのこと。

現存している魔道具は、
・魔法鞄《まほうかばん》――見た目の倍から数倍以上の大容量を持つ不思議鞄《かばん》で、時間は停《と》まらないそうです。
・移動魔法陣《まほうじん》――4大国の王都にあるそうです。

・検算器（電卓《でんたく》）――むしろ、そろばんの方がよくない⁈　とツッコミそうになりました。

・空間拡張石――見た目面積の倍から数倍の異空間を形成・保持し、大空間を作るもので、例えば5メートル四方の馬車内を10メートル四方の空間に広げる機能があるそうで、めったに出回らないそうです。

・冷蔵庫――温度調節が難しいそうです。

・コンロ――温度調節が難しいそうです。

・結界石――魔法攻撃《まほうこうげき》のみ防げるそうです。

などなどあるそうです。

ちなみに母と兄が議論中のものは、

・電話（念話）機

・ボイスレコーダー

・簡易移動魔法陣（郵便用）

で、どうやら本人たちが欲《ほ》しいらしい。

ただ、私が色々と挙げた便利道具の中で、たぶん出来ないだろうと言われたのは、

・動画記録機

・記憶の記録機
・魔法鞄（時間が停《と》まるやつ）
・結界石（物理攻撃《こうげき》の防御《ぼうぎょ》）

でした。

魔道具は、魔物との戦闘に使うことが多く、生活に寄《よ》り添《そ》ったものがあんまり無いらしい。

あっても、貴族が過度な華々《はなばな》しさを演出するために作られたものとかで、高い魔石を使わないと魔法が刻めないらしい。

ただ、野宿に関連するものは一通りあるので、庶民《しょみん》はそれで大丈夫《だいじょうぶ》みたい。

どうやら、想像力・妄想《もうそう》力が逞《たくま》しくて、原理や理屈《りくつ》がわからないと魔道具に出来ないみたいです。

あと、母や兄から聞いた魔道具でコレスゲェ！　と思ったのが、
・浄化《じょうか》石――風呂《ふろ》要らず。しかも汚物《おぶつ》処理にも活躍《かつやく》!!　なんてエコ!!

――五才時――

いつもと同じように、兄や母に構われながら歴史の勉強や魔道具の開発、頑張りました。

ある日の自習時間の午後に、母と兄が私の目の前に座《すわ》り、ニコニコと有無《うむ》を言わせない雰囲気《ふんいき》を醸《かも》しながら、

「ねえ、レミーナ。教えてほしいことがあるの」

そう言って、母が魔石を私に見せてきた。

「レミーの話を聞いて、オルコと一緒に作ってみようとしたんだけど、上手くできないのよ」

断ったら何が起こるかわからないので、もちろん従います。

「えっと、どんな物を作ろうとされたのですか？　お母様」

私が答えると、キラキラ……いやギラギラと目を輝かせて、詰《つ》め寄ってきた。

「ほら、以前言っていた声を録音するものよ」

そういえば、母も兄も欲しいって言ってたな。諦《あきら》めてなかったんだ。

「ああ、あれですね。そういえば、他にも欲しいって言ってたものは出来たんですか？」

「それがね、全くダメなのよ。やっぱり、レミーにしっかりと教えてもらわないといけないみたいで……」

……藪蛇《やぶへび》でした。チラチラと私に視線を寄越《よこ》しながら、強請《ねだ》るような顔をして言ってくる

母よ。あざとい！　全部を教えるなんて無理です。

解らないことはすぐに質問されるし、感覚的に伝わらないこともあるし、私の気力と体力が奪《うば》われて、しおしおに枯《か》れる未来が見えます。

私は理解できても、母や兄には上手く伝えられないこともあるのです。勘弁《かんべん》してほしい！

よし、さっさと録音機作って、その他はうやむやにしてしまえ。

「お母様。全部をいっぺんに作るのは無理です。まずは1つ作って、使い勝手や使い心地《ごこち》を検証して、改良して完成させましょう？」

可愛らしく頭をコテンと横に倒《たお》して、上目遣《うわめづか》いで提案。

この案に乗ってもらえれば、同時進行で魔道具を作製することはなくなるので、私の気力も体力も何とか保てるはず。

母よ。頼《たの》む。乗ってくれ。

そんなことを思っているとはおくびにも出さず、母の返答を待っていると、

「そうね。1つずつにしましょうね」

と、母はにっこりと笑って言った。

（――いよっしゃ！　母と兄に知識と気力と体力を絞《しぼ》り取《と》られなくて済む！）

顔は控《ひか》えめに微笑みつつ、心の中でクラッカーを鳴らし歓喜《かんき》していると、なぜか背中が

ぞくぞくしてきた。

あれ？　と思って、母の顔をよく見てみると目が笑っていない。

うん、これは考えていたことがバレてるよね。マズイ。でも口に出すともっとヤバイから、このまま「わかんな～い」で通そう。

冷《ひ》や汗《あせ》をかきながら――もちろん顔にはかかない――、私は話を進めていった。

「では、録音するものですね。お母様たちが上手く出来ないと思われているのはどういうところですか？」

私が教える姿勢を見せると、母は気を取り直して笑顔で言ってきた。

「全体的に全部」

あっさりと、全部上手くいっていないと言う母に、私、唖然《あぜん》。要は、全《すべ》ての説明をもう一度しろということだよね。しかも、録音機が出来るまで。

ああ、早まったかも。まだ魔法が使えないから説明しにくいとか言って、辞退すれば良かった。……結局捕《つか》まえられるだろうけどね。

「……では、私の説明を聞きながら、魔道具の作製をされるという事でよろしいですか？」

「ええ、そうよ」

母は弾《はず》んだ声で返事をし、いそいそと魔道具作製の準備を始めた。今まで口を開かず母の傍《かたわ》らにそっと居た兄もそれに倣《なら》って準備を始めた。

はあ……。普通に笑っていれば穏やかな雰囲気なのに、目が笑ってないと凄みが出てくる母の笑みは最凶《さいきょう》です。

さて、私の説明次第《しだい》で作業時間が短くも長くもなるので、気合を入れて録音機の説明をしましょう。

取り出しますのは、値段の低い魔石。いきなり高価な魔石を使って失敗したら目も当てられないので、母と兄の根拠《こんきょ》のない「大丈夫」という言葉をねじ伏《ふ》せ、安い魔石を使うように説得しました。練習ですからね。

そして、音は空気中の振動《しんどう》を耳が感知していることを説明。なので、周囲の空気中の振動を感知できる魔法を込めることが必要だと母と兄に教えると、2人とも真剣《しんけん》な表情をして魔石に魔法陣を刻み始めた。

母は魔石を掌《てのひら》に乗せているが、兄は小さな金属の箱の中に魔石を入れて、その金属の箱を掌に乗せていた。

「あれ？　お兄様とお母様はやり方が違うの？」

聞けば、魔法の熟練度が低い場合は魔力が拡散する可能性があるので、一定方向に向かって魔力の放出を補助する魔道具を使用するとのこと。

兄が使っている金属の箱も魔力放出補助道具の一つで、箱の中に魔石を入れ、魔法陣《まほうじん》を刻み込む補助をする魔道具だった。

魔道具を使って魔道具を作製するってなんか変な気もするが、魔力を暴発させたり魔石を粉砕《ふんさい》させたりするよりはましだと言われ、納得《なっとく》した。

魔力放出補助道具として他に知られている物は、杖《つえ》。魔法を行使しようとする時に、属性変換《へんかん》がしやすくなるそうだ。ただ、母は直接掌に魔石を乗せており、必ずしも補助魔道具を使用しなくてもいいみたいだけど。

それとなく母に聞いてみると、

「魔法の熟練度や統制力が高ければ、魔力に指向性を持たせられる力が強いのよ。だから、魔法が得意なお母様は補助がなくても、出来るのよ」

と、ドヤ顔をした。

あ、これ反応したらなんかすごい話が長そうと感じた私は、

「ふ～うん」

とさほど気にした様子のない返事をした。すると、母はつまらなさそうな顔をして作業を続けた。

「出来たわ」

「僕も、これでイケると思う」

大した時間もかからずに、母も兄も作業は終わった。

その後、２人は楽しそうに魔道具を発動させて、検証をし始めた。

声が録音できているのか、その声がはっきりと聞き取れるのか、声質が変わっていないか、などなど、キャッキャッしながら音声レコーダーの性能を確かめている兄と母を横目に、私の役目は終わったと判断し、読もうと思っていた歴史書を手に取ろうとした。

すると、その本を横からかっ攫《さら》われた。

え？　と目を丸くして驚《おどろ》いていると、眉間《みけん》にしわを寄せた母が本を持っており、

「声が上手く聞こえないの。変に大きく聞こえるし、同時にしゃべっていると何を言ってるのか解らないのよ。どうすればいいの？」

かなり不本意な結果だったらしく、母の機嫌《きげん》がよろしくない。

作った本人じゃないので、ピンポイントで修正箇所《かしょ》を当てるのは難しい。

そこで、どういう条件でどこまでの範囲《はんい》を録音しようとしたのか聞いてみた。

「そうね。この部屋の中を範囲にして、全ての音を録音しようとしたわ」

おう。母よ、きっとそれが原因だよ。

「お母様。遠くにいる人の声は小さく聞こえますよね？　もしかして全ての音を拾うとい

う事は、こうして私がしゃべっている声とお兄様が道具を触って出している小さな音を同じ音量で再生しているんじゃないでしょうか。私達の耳は、距離《きょり》が離《はな》れれば小さく、音量が大きければ大きく、音が聞こえます。また、ざわざわとした室内で特定の人の声を聴《き》き分けられるのは、その人の声に集中しているから聴こえるんです。ですから、等しくすべての音を拾うのではなく、距離によって音量が変わるようにしてみたらいかがでしょうか」

「距離と再生の音量ね……」

目から鱗《うろこ》が落ちたような顔をして、母はいそいそと新しい魔石を取り出し、作業を始めた。兄もそれに倣い、もう一度作製に取り掛《か》かっていた。

うん。さっきから兄が一言もしゃべらないんだが。そんなに母の邪魔をするのが怖《こわ》いか。兄よ。

母達は蓄音機《ちくおんき》とかレコードとかカセットとか知らないから、説明しても録音の原理がピンとこないんだろう。私だって、専門的な知識がないのにもかかわらず、どうにか前世の記憶の中から絞《しぼ》り出して話しているので、もっと解りやすく説明してくれとか言われても、無理。なので、どうか上手くいってくれと心の中で願っていた。

「出来たわ。さあ、これで大丈夫なはず……」

「僕も出来たけど、自信ない……」

ドヤ顔の母と、眉《まゆ》を下げて自信のなさそうな兄。対照的な表情の2人だったが、検証を終えると目を輝かせて、

「やったわっ」

「僕のも出来てるっ」

と、キラキラな笑顔を大盤振る舞い。そして、音声レコーダーができちゃいました。

（――母と兄よ、そんなに欲しかったか……）

ああああ、眩しい……。でも、これで今日は解放される。

ちょっと目を細めてホッとしていると、母はいつの間にかキラキラ笑顔から、挑戦的《ちょうせんてき》なギラギラな眼差《まなざ》しを私に向けていた。

あ、ヤバイ。なんか無理難題とか言われそう……。

ギクッと身体を震《ふる》わせ、母の眼差しに引きつりながら微笑《びしょう》を返すと、案の定、母からこんなことを言われた。

「レミーも作ってみて?」

はあ?! 魔法は危険だから大きくなってから、と本を読むことさえ許してもらってないのに?! いきなり魔道具作れ?!

本でも読んでしまえば好奇心にかられて試《ため》しちゃうだろうから、と禁止されているのに

もかかわらず、なんて難題を言ってくるんだ。母よ。そりゃあ、隠《かく》れて魔力の操作や感知を練習していたけども、属性に関《かか》わるものなんかは全然知らないよ。私。

どうすりゃいいんだと、うんうん唸《うな》っていると、魔石を手渡《てわた》され、さあやれと目で命令される。

「……」

どうにでもなれと、やけっぱちに魔力を操作して、魔石に魔力を込めていく。

頭の中で、魔石の表面に空気中の振動感知を持たせ、振動の力強さ（空気の圧力）で距離感を表し、振動の仕方で音を表すように設定する。再生は音を拾った時の反対で、振動を放出するように設定した。

録音機の設定を魔力に乗せて魔石に流し込んでいくと、魔石内の魔力と自分の魔力が混ざり合う感覚がした。そして、これ以上混ざり合わないと感覚的に感じると、魔石の内部に魔法陣が刻み込まれているのが解った。

「……出来ちゃった……」

まさか出来るとは思っていなかったので、キョトンと魔石を見ていると、またもや魔石が攫われていった。

「やっぱり作れたわね。きっとレミーの物の方が私達が作った物より性能が良さそうね

……」

私が作った魔石を目線まで持ち上げ、しげしげと見つめる母。口調は優《やさ》しげだが、顔が少し悔《くや》しそうなのはきっと気のせいだろう。……たぶん。

たっぷりと観察した後、私に視線を寄越すと少し眩しそうに目を細めた。この時は、なぜ母がそんな顔をしたのか解らなかった。

母の様子に、どうしたのかと口を開こうとすると同時に、扉《とびら》の向こうからバタバタと騒々《そうぞう》しい音が聞こえてきた。いつも冷静で、キビキビとしている屋敷の人達にしては珍《めずら》しい行動でした。

母もそれに気付き、様子を見に部屋を出て行きました。そしてそのまま夕食まで顔を合わせることはありませんでした。

あんなにウキウキと楽しそうな様子で作業していたのに、帰ってこない母にひたひたと不安が心に溜《た》まっていった。

「『魔《ま》の森』で、魔物《まもの》暴走《モンスタービート》の前触《まえぶ》れが起こっている」

夕食時に厳しい顔をした父が、重たく口を開きました。この大陸でなぜか定期的に起こるモンスタービート。しかも、スパンが8～15年置き。前回はちょうど10年前に起こったらしい。

これまでの傾向《けいこう》から対策を練っているが、絶対大丈夫《だいじょうぶ》という保証はどこにもない。すでに王都への連絡《れんらく》の手配は済んでいるが、援軍《えんぐん》が間に合わない場合もあるとのこと。

次の日から、領民にもすぐに警戒《けいかい》態勢を宣言し、一気に領内は物々しい雰囲気に。隣《となり》の他領地とも協力し合ってモンスタービートに備える準備が始まった。

「レミーナは、領民の子供たちを要塞《ようさい》へ連れて行って、彼《かれ》らを守るのが仕事だ」

「そうよ。1人も怪我《けが》のないように、外へ出ていかないように、まとめあげるのよ」

父と母は、沈《しず》んだ顔をした私に発破をかけるが、父母兄は討伐《とうばつ》に参加するのだ。幼いから、討伐組について行けないことは十分理解しているが、気分は晴れない。

とにかく、考えるよりも体を動かすことに集中し、準備を手伝った。


――そして、2ヶ月後モンスタービート発生。


「いいか！　部隊ごとにそれぞれの役割を全《まっと》うしろ！」

「街から1キロの地点に罠《わな》を仕掛《しか》けてある！　それが発動したら、開戦の合図だ！」

「弓部隊！　魔法《まほう》部隊！　遠方攻撃を任せたぞ！」

『魔の森』からの魔物を迎《むか》え撃《う》つため、等間隔《とうかんかく》に配置された討伐部隊からそれぞれ檄《げき》が飛ぶ。いつ魔物暴走が始まるのか、張《は》り詰めた緊張感《きんちょうかん》に領地全体が包まれる。

「GUGYAAAA……」

「BOAAAAAA……」

聞いたことのない鳴き声が『魔の森』から響《ひび》いてくると、見たことのない数の魔物が『魔の森』から放射されるように国内に向かって走り出《だ》してきた。

「来るぞーーー!!」

「迎え撃てーーー!!」

「行くぞーーー!!」

1キロ地点の罠が発動するや否《いな》や、各討伐部隊の声が響いた。

「おらーーー!!」

「そりゃーーー!!」

「うおーーー!!」

「BYOOOO?!」

「GUGAAAA!!」

「FYOIIII?!」

迎え撃つ討伐隊の決意を表す怒号《どごう》と魔獣達《まじゅうたち》の悲鳴にも似た鳴き声で、他の音が聞こえない。

「ぎゃあああ……」

「おいっ……ぐあっ⁉」

「BOAAA‼」

「助けてくれーーー‼……ぐお……」

「HUOOOO‼」

「……ぶげらっ」

誰かの悲鳴や助けを求める声、攻撃された声……。

ドコーン、バコーンと何かが倒れる音……。

ぶしゅっ、ざしゅっ、びちゃっ、と何かが飛び散る音……。

ガキン、バキン、と何かがぶつかり合う音……。

非戦闘員《ひせんとういん》の避難《ひなん》場所である砦の外《とりで》では、今まで聞いたことのない音がそこかしこで鳴っていた。

砦の中に避難していても、恐怖《きょうふ》でガタガタと体が震える。この建物の中には入ってこないと理解しているにもかかわらず。

周りの子供たちも同じように震えながら、泣いて身を寄せ合っていた。私はみんなを守る立場だから泣くんじゃないと自分を叱咤《しった》し、涙《なみだ》を流すのは耐《た》えた。

何時間経《た》ったのかはわからないが、剣《けん》を弾《はじ》く音や爆発音《ばくはつおん》、落下音、魔獣の鳴き声が少なくなってきた。周りの子供たちもそれに気付き、ソワソワしだした。

「まだ魔獣がいるから、出ちゃダメだよ」

扉の前に立って外への道を塞《ふさ》ぎ、優しく聞こえるように細心の注意をはらい、困ったような怯《おび》えたような表情で、子供たちが外へ出ないように説得した。今、私に出来ることはこれだけだった。

それから1日後、要塞にノック音が響いた。

終わったのだ。

そして、開いた扉の先に見えたのは、涙を一筋流す父だった。

モンスタービートが終わっても、なに一つ嬉《うれ》しそうじゃない、むしろ、哀《かな》しみ涙する父を見て、目の前が真っ暗になった。そして、胸によぎる嫌《いや》な予感。

誰か死んだの？　母？　兄？

戦ったあとには、敗者の亡骸《なきがら》、怪我、領地の整備など、対処しなくてはならないことがたくさんある。しかも、この死闘《しとう》の傷あとが残るこの地で、領民は生活していかなくてはいけない。

怪我で動けなくなった人達《たち》はどうやって生活するの？

両親が亡《な》くなった子供たちはどうやって生活していくの？

家が無くなった人はどこに住むの？

まだ、何も終わっていない。

むしろ、スタートなんだ。次のモンスタービートへの……。

（――初めて父の哀しい涙を見た……）

いつも目尻《めじり》をこれでもかと下げて構ってくる父。優しいけど厳しい父の紺色《こんいろ》の瞳《ひとみ》には、今、哀しみ・嘆《なげ》き・慟哭《どうこく》・後悔《こうかい》が入り交じり、暗くどんよりと濁《にご》っている。

そして、その感情を抑《おさ》えようとして、無表情になっている。涙を堪《こら》えようと、特に目元に力が入っているのが、わかる。それでも涙が溢《あふ》れる事態が起こっているのだ。

「ルーナが重態だ。もう……」

――母は帰らぬ人となりました。

でっかい置《お》き土産《みやげ》をして。

母は魔獣《まじゅう》の攻撃で後ろから心臓の少し下辺りを貫《つらぬ》かれていて、回復魔法を掛けても1～2日の延命にしかならないと言われました。その延命を母は願い、私達3人と最期《さいご》のおしゃべりを希望した。

「やっちゃったわ」

死んでいく人とは思えないほどの明るい声と無邪気《むじゃき》な笑顔《えがお》で話を始める母。シリアスな雰囲気が、一気になくなる。目を丸くして父や兄を見ると、2人とも穏《おだ》やかな表情だった。

母は、哀しみよりもこれからどうすればいいのかを考えて、家族それぞれが精一杯《せいいっぱい》生きていくことを望んでいた。そして、自分の人生に悔《く》いはないと。

最期まで明るく、そして、それぞれに『前を向け』と話をしてくれました。

そして、領内の合同葬儀《そうぎ》後に母からの爆弾《ばくだん》を受け取った。

一緒に開発した私の作った録音機だ。

録音機から一番初めに聞こえたのは、イタズラが成功したかのような弾んだ母の声。

父も兄も私も、泣き笑いの顔をお互《たが》いに見合った。そう、母は家族の中で誰《だれ》よりもメンタルが強かった。そして、気持ちの切《き》り替《か》えが早い、大変潔《いさぎよ》い人なのだ。あの、延命2日間で3人とも思い知った。

ここでクヨクヨしている方が母にどやされる！　母を想《おも》って泣く最後の涙にしようと、3人で笑って号泣《ごうきゅう》した。

気持ちを切り替えて、3人で録音機――改めレコーダーの内容を聞くと、ほぼ、私へのメッセージだった。

曰《いわ》く、黒色についてで、
・私が、黒髪《くろかみ》・黒目であること
・黒色の特徴・貴重さについて
・ゴアナ国での黒色について
だった。

黒色を持つ者は、総じて魔力《まりょく》の量・質が共に最高級であるらしい。量については知っているが、質については初耳だった。父は表情に変化がなかったので、どうやら知っていて、兄はキョトンとしているので、知らなかったのだろう。

そして、魔力の統制が桁違《けたちが》いにできるらしい。魔道具の冷蔵庫の温度を微妙《びみょう》に調整したり、火付け石の使用回数を限定したりできるそうだ。

いまいちよくわかってなかったが、兄が目を見開いて私の顔を凝視《ぎょうし》していたので、すごいことなのだろう。そういえば、このレコーダーを作る時も、魔力放出補助道具使ってなかったな……。

よくよく噛《か》み砕《くだ》いて理解しようと頭をフル回転させて考えて、至った結論は、

――――つまり、魔力量最高＋魔力の質最高＋魔力統制最上級
＝魔法の操作可能

↓イメージと理屈が解れば何でもできるかも

この時、私の頭によぎったのは前世記《き》憶《おく》にあったネット小説。俺《おれ》ＴＵＥＥＥが出来るかもしれないが、それよりも権力争いに巻き込まれて使い潰《つぶ》されるかもしれない不安に襲《おそ》われた。

（――ヤバイ。魔物相手に生き残れる手段の他に、人相手の面倒《めんどう》事に巻き込まれない手段もいる）

父と兄もボーゼン。口が開いてます。もちろん私もでしたが。

どうやら、魔力統制については父も知らなかったのだろう。「そう言えば魔術《まじゅつ》の威力《いりょく》が……一般的《いっぱんてき》なアレとは……」と、ブツブツと思い当たる節を口にする父。

魔術・魔法陣・魔道具など魔力を使うものを広義的に魔法と呼ぶテヨーワでは、「魔力は大体このぐらいの量」の感覚で魔法を発動させるものらしい。

なので、人それぞれ使っている量に差がある。しかも、質が悪いと量が必要らしく、自分で魔法を発動できる量を見つけなければいけないとのこと。「大体このぐらい」という大雑把《おおざっぱ》な感覚で魔法を継承《けいしょう》してきて、かつ、見たことのある威力を想像して使うので、威力には差がないらしい。

要は、昔からの刷り込みにより、「この魔法は、こう」という概念が出来上がってしまって、魔法を操作する発想もやり方もないのだ。

そして、ゴアナ国内では、なぜか、黒色よりも金銀の色を貴重とする風潮が、他国よりもまことしやかに流れている現状についての考えを語る母の声。

本来、金銀は回復系の魔法に適性が強いことの表れであるらしい。理由としては、ヨーワ教会組織に属《ぞく》している人たちの髪色《かみいろ》。

この大陸唯一《ゆいいつ》の宗教であるヨーワ教は、大変組織化され、しかも鍛錬《たんれん》の場といわれるほど生活規律が厳しい。入会にも厳選なる審査《しんさ》があり、縦社会で、変態団体じゃないかと思うくらい、布教・勧誘《かんゆう》よりも回復魔法の研究が何より大好物の組織だ。

「教会」というよりもまさに「研究所」。大陸に点々とある教会は、所謂《いわゆる》「病院」。どの教会でも、ヨーワ教への信仰《しんこう》具合に関係なく、同じ料金で回復魔法を施《ほどこ》してくれるのだ。他の魔法も使えるらしいが、――――回復魔法で身を立て、回復魔法で生活を営み、回復魔法に身を捧《ささ》げ、回復魔法を信仰する――――が教義。その変た……教会の人たちに、金銀の混じった輝く色を持っている人が多いかららしい。

隣国《りんごく》のイラルド国のアルナ領から嫁《とつ》いできた母からすると、少し変じゃないかと感じるとのこと。

教会の人達は自分達を一番だなんて思ってもないし、ヨーワ教を無理に押《お》し付《つ》けるようなことはしない。そして、濃《こ》い色を持つ方が回復魔法の成功が高いことを世間に伝えている。つまり、「魔力量があれば回復魔法が使える」ということを発表しているのだ。

それなのに、なぜ金銀の色の方が貴重とされるのか？　母が導きだした答えは、

『ゴアナ国の周辺にある中小国への変なプライド』

ということだった。

モンスタービートの被害《ひがい》が、長い年月、他領地にほとんどなくなっている。

↓（モンスタービートの規模・危険性がわからない）

討伐に参加した者達しかその過酷《かこく》さがわからない。

↓（モンスタービートへの危機感が薄《うす》まる）

『魔の森』から遠ざかる領地ほど「モンスタービートは怖くない」が蔓延《まんえん》。

↓（モンスタービートへの脅威《きょうい》なし）

周囲の中小国へも「モンスタービートは怖くない」が伝染《でんせん》。

↓（交渉《こうしょう》カードにモンスタービートが使えない）

大国として何かブランドを持っておきたい。

↓（交渉カードになるものを探す）

中小国に比べてゴアナ国はなぜか金銀の色を持つ者がよく生まれる。
←（見た目もイメージも良いから交渉カードに）
金銀の色をプッシュ。
←（選民意識が芽生える）
「濃い色より、金銀の色の方が綺麗《きれい》じゃない？」が蔓延。

父と兄は、眉間にシワを寄せ、何かを考えていました。

私は、アホな理由だなと呆《あき》れていました。

そして続く母の言葉に、父と兄は暗黒の笑みを浮《う》かべました。

『黒色は、気持ち悪いんですって』

モンスタービート直前、母と同じ場所で待機していた軍務団の一部がこそこそ話していたそうだ。

父と兄の顔が、見たら呪《のろ》われるんじゃないかというくらい恐《おそ》ろしいことになっている。

それを見た私は、黒髪・黒目の気持ち悪い存在とレッテルを貼《は》られるショックよりも、父と兄の怒《いか》りに恐怖を抱《いだ》いた。

（――言った人、ボコられるな）

父と兄から出る、恐ろしいほど的確な罵詈雑言《ばりぞうごん》。止めても止まらないと判断した私は、2人が落ち着くまでお茶を飲みながら待ちました。

結局2人は、罵詈雑言からこれからの対策へと話を発展させたようで、

・ゴアナ国と他国で「認識《にんしき》の差」が他にもないか。

・国内での我《わ》がマルナ領の扱《あつか》いについて。

を調べることに決めたようです。

最後に……と、母は私の身を案じて言葉を残してくれていました。

『生きる覚悟《かくご》をしなさい』

と。前世の記憶のおかげで大人顔負けの理解力と頭の回転があり、行動力もあるが、どこか地に足がついてないような感覚を私から感じたと。

――母の死は、私達家族にとって大きな転機となりました。

父と兄は母の死をきっかけに、領民を守るための模索《もさく》行動を開始しました。

父は、マルナ領のこれまでの歴史だけでなく、収支や褒賞《ほうしょう》などの詳細《しょうさい》な資料の洗い直し。国や他国・他領との関係性。他国・他領との比較《ひかく》を。それと、国内での「黒色」「マルナ領」に関する情報集め。

兄は、「認識の差」や国外での「黒色」に関する情報集め。もともと王都の学園にいく

予定でしたが、客観的な意見がほしいとのことで、急きょ隣国イラルド国の学園へ留学することに。国外から見るマルナ領の扱いやゴアナ国の印象など、「出来る限りの情報を集めるから……」と、黒い笑《え》みを浮かべていました。

2人ともやる気に満《み》ち溢れているのはいいんだけど、ほどほどに………。

私は、母の残した言葉から、生きる上で避《さ》けられない『死ぬ事』『殺す事』そして、『防ぐ事』に対する認識を改めました。

同情？　憐《あわ》れみ？　プライド？　そんなものは、腹の足しにもならないのです。生き抜《ぬ》くということは、全《すべ》てにおいて責任を負うこと。言葉ひとつ、行動ひとつにしても細心の注意が必要とされるけど、自業自得《じごうじとく》、因果応報とあるように、要は全て『自己責任』であるということ。

――なら、すべての火の粉を跳《は》ね返《かえ》せる能力が大事。『殺せる技術』『避ける手管』『多角的な思考力』『瞬時《しゅんじ》の理解力』その他諸々《もろもろ》をこれからものにしてみせましょう。

――六才時――

半年前に、兄は隣国イラルド国に留学しました。満面の笑みに、殺《や》る気をにじませて。

そして、母と開発しようとした、簡易移動魔法陣《まほうじん》・電話機の有用性と効果から、

「どうせなら、向こうにいる間に研究して完成させる！」

と言ってました。イラルド国の北部、ゴアナ国から対角（北西）にあるラハト帝国《ていこく》では、魔道具作製が盛んらしく、できたら行ってみたいとマシンガントーク炸裂《さくれつ》してましたっけ。

兄は、郵便の配達速度を向上させたいみたいです。主に情報交換《こうかん》をタイムリーにするために。

この世界では、１ヶ月《かげつ》遅《おく》れの情報とか当たり前。移動速度も馬なので、しょうがないのです。

私は、モンスタービート後から武術や魔法の訓練を始めました。父には渋《しぶ》い顔をされましたが、交換条件にマナーやダンスも同じくらいに頑張《がんば》る事と、時々手料理を作る事でオーケーをもらいました。

いや〜、幼少期に体を酷使《こくし》すると成長によろしくないと屋敷《やしき》の皆《みな》にも止められたけど、期待のこもったキラキラの目と希望溢れる将来の夢を伝える事で、温かく？　見守られる感じになりました。決して、生温《なまぬる》い視線ではなかった……と思う……。

……ちゃんと頑張ってますよ。

父は、いつも通り仕事してました。２ヶ月《かげつ》置きにマルナ領と王都を往復しているのを知

ったのも、この頃でしたね。

特務団は魔物関連の仕事なので、あんまり王都にいる必要がないそうで、会議に参加しに行くぐらいだそうです。それよりも、『魔の森』や国内に点在している森林の魔物の駆《く》除《じょ》や調査が大事とのこと。特に、モンスタービートに対応するのが一番重要なので、マルナ領からあまり離れられないそうです。

ちなみに、マルナ領には父の弟夫妻が領主補佐《ほさ》で居てくれるので、父が王都に行っても安心です。本人達は、面倒くさそうですが。王都で派閥《はばつ》の腹の探《さぐ》り合《あ》いをするよりマシだとか。

奥《おく》さんが平民なので、煩《うるさ》く言われるらしいです。奥さん、サバサバしてる良い人なんだけど、あの回りくどい貴族言葉についストレートに言い返しそうになるから困るんだって。

そうそう、武術と魔法の勉強は領地の家臣？　の子供達とも一緒《いっしょ》です。魔獣と戦う時の連携《れんけい》って大事ですからね。それに、お互い切磋《せっさ》琢磨《たくま》できるし、良いことですよね……大人げなくないようにしましたよ？　……もちろん……。

中には、護衛や従者、侍女《じじょ》の勉強をして「一緒にいる」って言ってくれる平民の子もいました。

モンスタービートで両親が亡くなったり、怪我で戦えなくなった親の代わりになれるようにだったりと、それぞれが色々な事情や理由を抱《かか》えながら。

うちの領民は強くてあったかいです……。


――――七才時――――


武術？　そんなものは日々努力あるのみ!!

体力も筋力も身長も無い、ナイナイづくしから始めたわりには、良い感じだと思います。私は。周りは微笑《ほほえ》ましげに生温い……じゃなかった温かく応援《おうえん》してくれています。年上の子にも同じ年の子にも負けますが。時には、年下の子にも……。

ええ、いいんですよ、どんくさいと言っても。

勉強ばっかりで、壊滅的《かいめつてき》な体力の無さを年相応の体力にする計画から始まり、今も変わらず走ったり筋トレしたりしてますよ。

そのお陰《かげ》で、それなりにはなりました。それなりには……。

ってか、うちの領地の子供達の体力を舐《な》めてました。これって本当に一般的な子供の体力？　と、何度思ったことか……。

あと、筋力の差を考えて、細剣、短剣《たんけん》、護身術にしぼって習っています。斧《おの》とか槍《やり》とか、こっちの体が振《ふ》り回《まわ》される感じになって、皆から「（こっちが危なくなるから）止《や》めてくれ」と説得されました。むしろ、武術よりも魔法をメインにしろと。

でも、魔《ま》法使《ほうつか》いは接近戦に弱いと定評なんです。接近戦対策必要です。周りに誰もいない事だってあるかもしれないじゃないですか。１人で戦える、これ必須《ひっす》！

魔法はどんと来い状態ですね。手本を見せてもらって説明を受ければ、大概《たいがい》できました。基本的なものは先生――と言っても家臣の人とか、叔父《おじ》さんの嫁《よめ》とかですね――に教えてもらって、専門的というか、それ以外は本で頑張りました。

武術とは違《ちが》って魔法はダントツです。理屈《りくつ》や原理を理解出来れば、発動できたので。

ただ、幼いのにポンポン魔法が発動出来るというのも客観的におかしいと思ったので、加減しましたよ。もちろん。

１ヶ月～２ヶ月で１つの魔法を覚える感じにしときました。直接教えてもらってないやつは、こっそりと父にだけ成果を見せています。

そうそう、ダンスはなんとかモノに出来そうなかんじです。体力がついてくると段々と楽しくなってきました。ステップとか覚えることもあるけど、リードしてもらえばいけそうな気がします。……たまに、足を踏《ふ》ん付《づ》けますが。パートナーの。ごめんなさい……。

ただ、マナーがね……貴族的なやつがホント面倒です。

上を敬えってことなのは解《わか》るんですが、言葉の裏にある意味の探り合いとか、表現の使い方とかが……。

敬う事は良いと思うんですが、昔の功績や血筋のものに対しての爵位《しゃくい》はどうなのかなーと思います。

世襲制《せしゅうせい》の弊害《へいがい》きっとありますよねー。

功績に対する褒賞として貰《もら》えることもあるそうなので、下級貴族だけど実力者っていうこともあると思います。

むー……下に能力で負けるのも居たたまれないけど、能力無いのに威張《いば》るのもどうかと思うんですよ。

うちは辺境伯爵《はくしゃく》なので、順位がちょっと特殊《とくしゅ》なんですよね。

ゴアナ国の爵位は上から、公爵《こうしゃく》・侯爵《こうしゃく》・伯爵・子爵・男爵で、その他にも「準」や「名誉」がつくものがあります。

なので伯爵と同位と思ってたけど、「辺境」がつくと変則的だけれど、発言力は魔物に関しては公爵と同じ、その他に関しては侯爵と同じ、という感じらしいです。

大体6才になると、顔見せで一度お茶会に参加する習慣なのだそうですが、モンスタービートがあったので、私は7才で行くことになりました。

そのうち出席することになるでしょう。粗相《そそう》をしないように気をつけます。

そういえば、イラルド国に留学している兄からの手紙で、この時期に届いた面白《おもしろ》かったものをちょっと紹介《しょうかい》しますね。


〜〜〜〜〜〜〜〜〜〜〜〜〜

レミーナへ

緑の息吹《いぶき》が大地を覆《おお》い、森の成長が鮮《あざ》やかに目に映る風景があちこちで見られるようになりましたが、そちらではいかがお過ごしですか？

慌《あわ》ただしくそちらを出発いたしましたが、早いもので学園で過ごすのも一年と半年が経ちました。学園生活も日常生活も充実《じゅうじつ》しており、忙《いそが》しい日々を送っています。

新入生を迎える時期に、準備のため授業が休みになる期間がありましたので、短期間ではありますが、母上の実家にお邪魔《じゃま》させてもらうことにしました。

その時、大変珍しいものを見せて頂きました。モンスタービート後、必ず国から支給される物があるそうです。それは、軍だけでなく、領民・討伐参加冒険者《ぼうけんしゃ》にも支給される物で、効力には幅《はば》があるみたいですが、モンスタービートが起こった年の1年間有効の国内全所で使用可能なメダルです。画期的で効果的で大変驚きました。素晴《すば》らしいです。

我が国《くに》でもぜひ発行していただきたいと強く思いました。

そして、――――――


～～～～～～～～～～～～～


うちの国とイラルド国の国政策の違いを綴《つづ》った手紙ですね。

後半は省略です。兄のブラックな感情が隠しきれていない文章満載《まんさい》でしたので。

こんな丁寧《ていねい》な文面、初めて貰いました。怒りが収まらなかったんでしょうね。

普通《ふつう》に書くと、見るに耐えない言葉が出るかもしれないと、自重したのでしょう。

そして、国への批判めいた手紙もこれっきりでした。たぶん、心配事を私に抱えさせたくなかったのかな？

でも、父からチョコチョコ聞いてるんですよねー。

あと、領地の仕事を担当してる文官？　の人達から。

あんまりブラックな事は知らない方が良いこともあるので、自力の範囲で調べることにしています。

ちなみに、手紙を意訳すると、

〜〜〜〜〜〜〜〜〜〜〜

こっちの領地じゃ、後処理対策ばっちりでめっちゃスムーズに終わって、農地の修復も早いし、森の観光も再開してるよ。そっちはどう？

（そっちは畑なんてまだまだ少ないいし、森を手入れする余裕《よゆう》も時間も無いって聞いてるけど？　なにこの違い？）

モンスタービートの後に入学したけど、学生は学生生活を頑張れって感じで、勉強に趣《しゅ》味《み》にと時間がたっぷりとれて学園で楽しく過ごしてます。

（僕、少し後処理手伝ってから入学したよね？　うちの領地じゃ手が足りないから、子供も大人も関係なく手伝わないと間に合わないよね？　子供を働かせ過ぎじゃないの？　うちの国）

時間があったから、祖父母の家で情報収集してみた。

そしたら、まじビックリするものがあった。国から支給されるメダル。国からの手厚い援助《えんじょ》！　国中でモンスタービートに対する意識が高い！　しかも領地の人や討伐参加者に感謝・支援《しえん》がハンパない！

（うちの国の、モンスタービートに対する対策や支援・援助が少なすぎる！　意識も最低！

ざけんなよ!!)

〰〰〰〰〰〰

という感じでしょうか。兄の裏の感情が丸わかりな手紙で、父と母の色を受《う》け継《つ》いだ灰銀色の髪を風に靡《なび》かせながら、底冷えするような紺色の瞳で不気味に笑っている兄の顔が浮かんだ気がして、手紙をつい二度、いえ三度見しました。

(——マジで、うちの国おかしいんじゃない？　バカなんじゃない？)

という、兄の想いがつまった手紙でした。

——八才時——

貴族のお友達ができました。

顔見せのお茶会で5人の隣領地の子達と会いました。5才年上から3才年下の幅がありましたし、ご兄弟もちらほら顔を見ることができました。貴族の子供は皆早熟なんですかね？　それともモンスタービート関連で色々と考えることが多いからなんですかね？

その内の1人の子と大変気が合って仲良くなりました。とっても逞《たくま》しい5才年上の女の子です。うちの屋敷の人達と通ずるものを感じました。

ついでにカミル――5才年上の友達――の兄は我が兄と仲の良い方らしく、3人でうちの兄談議に花が咲《さ》きました。

この兄妹とは仲良くやっていけると確信。ぜひとも末永くお願いしたい……。

……ただ、笑っていない目をしてにっこりと微笑んでいる兄の姿が頭をよぎり、何故《なぜ》か背筋が寒い……。

まさか、陰で噂《うわさ》されている事に気付かないよね?! ってか、気付かれませんように……。

中々に楽しめたお茶会でした。カミル以外の他の子供達とも時々手紙のやり取りをしています。

が、たまにうちの領地経営や領民の戦闘力《せんとうりょく》について聞いてきて、おねだり? みたいなことをされるので、ちょっと考えものだなぁと感じて、

(――手紙でも気を遣《つか》うし、友達は少数、知り合いは多数でいいよね)

ということで、はっきりと線引きすることにしましたよ。

こうして貴族の関係って作られていくんですね。

相手に求めるばかりでは自分の価値が下がるし、与《あた》えるだけでは後々いいカモにされる。

上位貴族なのに出来なければ見下される。ギブ&テイク、親しき仲にも礼儀《れいぎ》あり、がとっ

ても大事だと実感しました。

「使えないやつは要《い》らない」

兄が言っていたことが、身に染《し》みます。振り分《わ》けは必要です。

父も少しずつ関係性を作っていけば良いと言ってくれたので、ぼちぼちやっていこうと思います。

そして、兄が卒業して帰ってきました。

――ナマモノのお土産《みやげ》を持って……。

帰省を一度もしなかったので、久《ひさ》し振《ぶ》りに顔を見ます。ほんわかした雰囲気《ふんいき》は相変わらずだけど、身長が伸《の》びてキリッとした顔立ちになり、青年の逞しさと大人の色気を醸《かも》し出していました。

その兄が、満面の蕩《とろ》ける笑みで背後に花を飛ばしながらこっちに走って来たときには、鼻血が出るかと思いました。

つい走って逃《に》げそうになったことを察知して、目だけが爛々《らんらん》としだしたので、おとなしく兄に捕《つか》まることにしました。

(――もしや、ヤンデレ?!　しかも、前よりもバージョンアップ?!)

兄のシスコン?　はより深いものになったようです。猫可愛《ねこかわい》がりをしたくて堪《たま》らないようで、もみくちゃにされました。

（──兄よ、高い高いは5才までにしてくれ。ぎゅうぎゅうするな。潰れる……）

ひと通りやりつくした後、気を取り直して、

「レミーナ、お土産だよ」

と、差し出されたのは2人の男性と1人の女性。それぞれ手に何かを持っています。

身長の高い男性は手に細剣を、身長の低い男性は大量の本を、女性は魔道具を。

目の前に3人並んで、片膝《かたひざ》をついて捧げる格好をしていますが、兄に何を言《い》い含《ふく》められているのだろう？　年齢《ねんれい》にばらつきがあるようですが、3人とも私より年上ですよね？

この状態を尋《たず》ねる目線を兄にしてみたが、意味深な笑みを返された。

とっ……とりあえず挨拶《あいさつ》からが基本だよね？

「初めまして。オルコの妹、レミーナと申します。お疲《つか》れのところご挨拶する時間を設けていただき、ありがとうございます。席についてお話し出来ればと思いますので、皆様《みなさま》のお名前をお聞きする前ですが、手に持たれている物を先に受け取らせていただきますね」

そう言って手を伸ばすと、なぜか皆さん眉《まゆ》を下げ、目を潤《うる》ませながら物を離《はな》そうとしません。

どうした？　くれるんじゃないのか？　と困惑《こんわく》して兄を見ると、肩《かた》が震《ふる》えています。

「レミーナ、受けとると言ったよね。全部お土産だよ」

（――人も含めてお土産⁉）

素晴らしい人材は確かに貴重だと思います。が、８才児のお土産にするか⁉

うん、うちの兄はし・た・な。しかも、３人とも私についていきたいと言ったな。

兄の方が跡取《あとと》りだし、将来性があっていいと思うんだけどな。

細剣を持っていた背の高い男性――ジョン――は兄と同じ18才のホザ王国出身。平民だが、鍛冶屋《かじや》の家系で金属品作製が得意。戦闘、イケる。

本を持っていた背の低い男性――ニール――は20才でイラルド国アルナ領出身。下位貴族の三男で、書類系・諜報《ちょうほう》系が得意。勿論《もちろん》、戦闘、抜群《ばつぐん》。

魔道具を持っていた女性――スー――は38才でラハト帝国出身。名誉《めいよ》貴族（一代限りでほぼ名前だけの爵位）の旦那《だんな》をモンスタービートで亡くした未亡人の魔術師《まじゅつし》。戦闘は……ぱない。

（…………兄は私に何をさせたいんだ…………⁉）

３人ともイイ人そうだし、兄と話せる時点で大丈夫《だいじょうぶ》と判断しました。それぞれ、

「あなたと共に色々な物を作りたいです」

「お嬢様《じょうさま》のお役に立ちたく思います」

「幼いのに発想力が素晴らしいし、娘《むすめ》にしたいくらいです」

とのこと。１人、忠誠心がすでにありありな方がいます。母を知っているようで、兄に自らアタックした強者《つわもの》だそうです。兄が笑いながら教えてくれました。

ニールさん、恥《は》じらってもダメですよ。あの兄に自ら……そう、あの兄に自ら志願したのです。大事なので２回言いました。ヤンデレ疑惑《ぎわく》の腹黒鬼畜《きちく》から勝利をもぎ取った方なんですね、ニールさん。心強いです。

他の２人も兄から何を聞いたのか知りませんが、尊敬の眼差《まなざ》しが痛いです。……できればこっそりしてください。

とりあえず、愉快《ゆかい》な仲間ができました。私の臣下扱いになるので、給料も私が支払《しはら》わないといけないのですが、稼《かせ》いでましたっけ？　私？

腕《うで》を組んでウンウン唸《うな》っていると、兄から成人の15才までは家が払《はら》うのが普通だと言われました。じゃ、父と一緒に話せばいいか。

父との話し合い中、３人の他についでに私専属の護衛や侍女・従者も決めちゃえってことになり、愉快な仲間が増えました。

３人＋４人――護衛２、侍女・従者各１――の７人になりました。役割とか立ち位置とかを確認《かくにん》し合い、仲良くやっていきたいと思います。

ついでに……と父と兄がニコニコと一枚の書類と一冊の本を私に渡《わた》してきた。

ルーナ商会？　譲渡《じょうと》証明書？　どういうことですか？

鍵《かぎ》つきの本？　えらい怖《こわ》いんですが？　なんですか？

父が会頭で、兄と私が開発担当と表記してある、ルーナ商会の音声レコーダーの権利書でした。

ルーナ商会は、母が音声レコーダーを作った後に、兄と私に財産が出来るように考えて立ち上げたものだそうです。

もともと音声レコーダーの発想も開発もほとんど私ということで、商会の存在を知らせる時に権利も戻《もど》すことに決めていたようです。

これまでの利益は商会の新商品開発活動資金として扱い、これからは新商品の発案・作製の過程を鑑《かんが》みて利権者や利益分配を決めていくとのこと。

ありがたく権利書いただきます！　お母様、ありがとう!!

鎖《くさり》が十字に巻き付いている鍵つきの本って触《さわ》っても大丈夫なの？

え？　お母様の本？

母が私のために残した魔法《まほう》についての本だそうです。武術や魔法の訓練を始めた時に渡そうかどうか2人で相談した結果、こっそり私が訓練するだろうからある程度魔法《まほう》知識ができてからにしようという事になったそうです。

うん、正解です。ちょっとならいいかな〜ってやりそうです。

父と兄で解錠《かいじょう》しようとしたそうですがウンともスンとも言わず、添《そ》えてあった手紙に鍵は私にしか解錠できないようになっているとのことで、大切に保管していたそうです。こんなにガッチリと厳重にされているからには、門外不出なんだろうと思います。

お母様にあの世からお仕置きされないように大切に大切に扱います。

……お母様……お母様は置き土産が多すぎます……。

(――まだあるとかないよね?!)

それから、商業ギルドやら魔法ギルドやらの説明も受けました。

愉快な仲間達もしっかり聞いといてくださいね。

私1人で全部を覚えておくのは難しいです。

あ、新商品を開発したら父に言えばいいんですね?

兄と一緒に開発しても大丈夫なんですね?

ルーナ商会は商品開発や製作が主で、販路《はんろ》は親しい方や信用のある方に限定してきたんですか。これから販路を拡《ひろ》げてもかまわないと。

相談しろ?　もちろんです。

話を聞きながら、私の心にはある想いが湧《わ》いてきます。

(――これ冒険者ギルドもあるね!!)

心の中でガッツポーズです。

冒険者ギルド、あるそうです!

すかさず冒険者になりたいと言うと、父と兄だけでなく愉快な仲間達《たち》が阿鼻叫喚《あびきょうかん》。あれ?

家族にも冒険者になりたいって言ったことなかったかな?

「……ぼっ……冒険者?!」

「レミー、本気かい?!」

「新商品を生み出《だ》す頭脳がぁぁぁぁぁ」

「お嬢様に付いていきます!!」

「あらあら、楽しそうね」

上から、目を丸くし唖然呆然《あぜんぼうぜん》とする父。

(――威厳《いげん》もなにもなくなっていますよ、父)

私の肩を揺《ゆ》さぶりながら、必死な形相《ぎょうそう》の兄。

(――気持ち悪いです。そろそろやめてください、兄よ)

頭を抱えて叫《さけ》ぶジョン。

（―

片膝

（――――ぅ

ニコニコと微

（――――第2のお」

「マジか……」

「……昔から発想がおかし

「怪我《けが》なさったら大変……」

「…………」

＋４（プラスフォー）はそれぞれ呆

この＋４は使用人兼《けん》幼なじみで、突飛《とっぴ》な

一応、領主令嬢《れいじょう》であることは理解しているの

外の時はいつも通りだ。

変に畏《かしこ》まられても背中がムズムズする。

だって、父がすごいのであって、私が偉《えら》い訳ではない。

に変化はあるだろうけど、私は言葉遣いとか立ち居振《ふ》る舞《ま》いと

ので、目をしってますが……私に出来る最良は、

ね」

かりと合わせて一言一言

自由気ままに旅とかしてみたい）

言嚙《か》み締《し》めるように伝えた。

柵《さく》のない冒険者になること」

災難を経験しなければ、

ますあり得な

いって

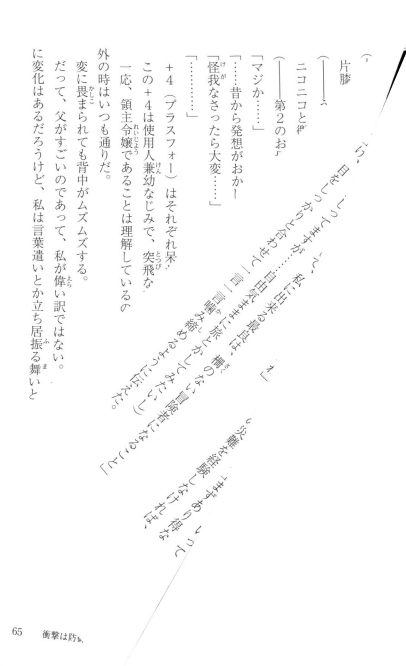

で、これからも態度はあんまり変わらないと思われる。
みんなの混乱が落ち着くのを待っていると、私の爆弾《ばくだん》発言？　に部屋の隅《すみ》で固まっていた執事《しつじ》がいち速く我に返り、真剣《しんけん》な表情で質問してきた。
「お嬢様は、なぜ冒険者になりたいのですか？　領主の娘としての本気のお言葉ですか？」
「本気よ。領地経営は父と兄、その補佐の方々がいるから大丈夫でしょ？　このまま大人になったら、私は女だから何処《どこ》かへ嫁《とつ》ぐしかないもの。その嫁ぎ先《さき》で今まで必死に訓練してきたことをモンスタービートや領民に対して活《い》かしてもらえるかしら？」
「…………」
「まず、無理でしょう？　騎士《きし》でもない貴族の女性は、武術や魔法が出来るからと
もお遊び程度に見られるし、戦いに参加するのはうちの領以外は私の身
い。うちの領みたいに、身分も性別も年も関係なく降《ふ》りかかる
権力や義務に対する考え方にもきっと大きな違いがあ
「…………」
「だから、領主の娘として、貴族と
（――ちょっと願望もま
執事の顔を見上

周りの阿鼻叫喚軍団も静まり返り、じっとこちらを見て私たちの会話を聴《き》いていた。執事は同じ姿勢のまま、周囲はそのままその位置で、それぞれ頭の中で私の言葉の意味を考えていた。

うん、沈黙《ちんもく》再びだな。まあ、普通ならあり得ないよね。

爵位も高く、嫁ぎ先もたぶん優良物件だろうから、その生活を捨ててまで生死の境が限りなく身近な危険度ＭＡＸの冒険者になりたいなんて、貴族の淑女《しゅくじょ》は考えないわ。

でも、貴族のしがらみは本当に面倒《めんどう》くさい!!

お茶会ですでにアウト!!

年を重ねてずる賢《がしこ》くなった女どもをイチイチ相手するのもイヤ!!

親の仕事を自分の手柄《てがら》のように天狗《てんぐ》になってる奴《やつ》も、自分では何もできないくせに人に頼《たよ》って甘《あま》い汁《しる》を吸おうとする奴も、うちの領の戦力や経済力を頼りにすり寄ってくる奴も、イヤ!!

そんなんだったら、自分と仲間で力を合わせて楽しく自由気ままに生活したい!!

父や兄が失態を犯《おか》さない限り、私の辺境伯爵令嬢《はくしゃくれいじょう》・妹の身分はそのままだから何かあれば権力に頼れるし、冒険者として自由に動けるって最高じゃない!!

しかも、自分で直接モンスタービートにも領民生活にも関《かか》われて、貴族の端《はし》くれとして義務も果たせる!!

みんなを待つ間私は腕を組み、これからの自分を想像して考えに没頭《ぼっとう》。眉を寄せ首を上下に動かし、ブツブツと独り言を呟《つぶや》きながら自分の考えに納得《なっとく》していると、ため息がそこかしこから聞こえた。

3つは「しょうがないな～」という、長～い深～いため息。

3つは「そんな考えがあったんですね～」という、恍惚《こうこつ》にも似た、ほうぅっとしたため息。

4つは「そうだよね（ですよね）～」という、呆れてハアッと出たため息。

あ、聞こえていたようです。おすまし顔で何にも言ってませんという雰囲気を醸し出して微笑《びしょう》しといた。

臣下となった皆の未来も関わってくる話なので、まずは領主一家で話し合いをすることにして、その場はとりあえず解散になりました。

その後、1週間程《ほど》毎日父と兄に捕まり数時間話し合いを強制され、私の将来設計を洗いざらい吐《は》かされました。

おかげで、私の考え方や生き方に2人とも理解を示してくれ、応援してくれると言ってもらえました。

（――だってよく考えたらわかるでしょう？　お父様？　お兄様？）

私の容姿は現在、母の魔法で濃《こ》い灰色の髪《かみ》・濃い紺色《こんいろ》の瞳《ひとみ》だけど、本当は超絶珍《ちょうぜつめずら》しい黒《くろ》髪《かみ》・黒目。かつ、周りには下級に見せているけど、本当は上級の前世記憶《きおく》持ち。

こんなのが周囲に知られたら、魔力量《まりょく》や異世界の知識目的に、監禁《かんきん》→死ぬまで奴隷扱《どれいあつか》い、もしくは監禁→崇《あが》められる、としか思えませんが？

黒色を気持ち悪いと言い平和ボケしている我がゴアナ国内では、迫害《はくがい》されながら魔力や知識の提供を強要される気がしてなりません。

他国では、黒色に嫉妬《しっと》されるかもしれませんが恐らくほぼチヤホヤされる対象でしょう。そして異世界の知識を持っているオプションもつくと、チヤホヤから崇拝《すうはい》になるやもしれません。

そして、共通するのが『囲う』こと。独占《どくせん》するために他所《よそ》に行かないように、監禁するでしょうね。

要は、どうにか私を利用しようとする輩《やから》に狙《ねら》われまくる未来しかありません。

（――――こんな将来はイヤだー!!）

ということを切々と語ると、父と兄は納得しました。

確かに、冒険者という職業に就《つ》いてしまえば、貴族と冒険者の２つの肩書《かたが》きが出来るので、容姿や知識がバレても理由をつけてのらりくらりと逃げることが出来ると。

魔力、知識の強要――――冒険者なら他国へ行けばいい。

貴族の義務を出されたら――――モンスタービートや領民生活には役に立ってる。

他国で囲われそうになる――――バルフェ辺境伯爵令嬢を出せば、取り返しに行ける。

こんな対策が取れるので、冒険者になってもいいとお許しが出ました。

そして、このお許しには、他にも理由がありました。それは、

――ゴアナ国は信用できない。

モンスタービート後の母の爆弾……じゃなかった音声レコーダーに残した言葉から、父と兄が調べた「黒色について」「マルナ領について」「国や他領について」「モンスタービートへの対応について」などの情報を国内と国外で比較《ひかく》したところ、腸《はらわた》が煮《に》えくり返る事実が判明したそうです。

黒色については、
・他の大国よりも周辺の中小国と仲良くしてるからズレだした。（周辺に中小国が集中的にあるからそっちを優先したらしい）
・特に、先々代の陛下が小国の姫《ひめ》を王妃《おうひ》にした辺りから、あの風潮が囁《ささや》かれ出したらしい。（モンスタービートを全く知らない王妃が、王の茶金髪《ちゃきんぱつ》をすごく褒《ほ》め称《たた》えて、

王が調子に乗ったらしい）
マルナ領については、
・２００年前よりも領地を減らされている。（モンスタービート対策で討伐《とうばつ》部隊維持《いじ》のためという理由で）
・２００年前から徐々《じょじょ》に給金を減らされている。（国の経済的理由で）
・モンスタービート後の復興支援金《しえんきん》も徐々に減らされている。（イラルド国では倍以上に、増えているらしい）
国については、
・モンスタービートの討伐に、特務団以外の団長クラスやそれ以上の役職者の参加がほぼ無い。（仕事や「万が一の死」を理由に）
・国からのモンスタービート討伐部隊の人数も徐々に減らされている。（国の防衛・警備を理由に）
・モンスタービート討伐参加者への特別報酬《ほうしゅう》が１００年前に廃止《はいし》になっている。（イラルド国では、１年間有効の報酬がある）
・モンスタービート後に開かれる４大国会合に陛下や宰相《さいしょう》が、１００年前から出席していない。（他国は必ず宰相補佐官《さいしょうほさかん》以上が同席している）

他領については、
・マルナ領に隣接《りんせつ》している領地は、討伐隊の派遣《はけん》はしてくれているが、その他は徐々に減らし、今では派遣すらしない。（イラルド国では、各領地・国からも派遣が必ずあるらしい）
・討伐部隊人数にばらつきがあり、年々減少傾向《けいこう》にある領地もある。（イラルド国では、むしろ増加傾向らしい）
・遠方になればなるほどモンスタービートへの危機感は薄《うす》くなり、マジで軽視している。（イラルド国では、各領地や国の危機感は重く、等しく理解されている）
などなど。まあ、出てくる出てくる対応の悪さや認識《にんしき》のズレ。うちの国や他領への突っ込み所が満載です。

しかも、やってはいけないことをやっている自覚が無いそうです。

――4大国＋約10の中小国で結ばれた、２００年前の大切な契約《けいやく》を破っていることを。

＊＊＊＊＊＊＊＊＊

――モンスタービート及《およ》び「アマルナ国」についての契約――

テヨーワ暦《れき》1703年、大規模魔物《まもの》暴走による被害《ひがい》に対する支援、並びに、これから発生するモンスタービートへの対策について下記のことを決定し、各国で実施《じっし》することを契約する。

記

・モンスタービート発生に関する――
・モンスタービート発生・討伐後に関する――
・元アマルナ国に関する――
・モンスタービート対策に対する各国の協議に関する――

＊＊＊＊＊＊＊＊

――別名　モンスタービート条約。

約200年前、超大規模《ちょうだいきぼ》なモンスタービートが発生し、大陸の約1／4が魔物によって破壊《はかい》され、約50万人もの人々が亡《な》くなった。

南の『魔の森』を囲うように存在していた「アマルナ国」が特に被害が凄《すさ》まじく、人口の１／４が死傷者となり、国土もメチャクチャに。

働き手である年代が討伐に参加していたことで復興が難しく、大陸の全土に助けを求めた。

４大国と中小国約10ヶ国《かこく》が支援に了承《りようしよう》し、支援会議を設けた時に、「アマルナ国」は隣国《りんごく》のイラルド国やゴアナ国、周辺中小国への被害を今まで大幅《おおはば》に軽減させていたことが判明した。

この事を重く見た各国は、他国に今までモンスタービートから守ってもらっていたイラルド国・ゴアナ国・周辺中小国に、今までの恩を返す意味を込めて支援をするよう要請《ようせい》。

そして、『魔の森』から守ってもらっているという事実を忘れないように、「アマルナ国」を「アルナ領」「マルナ領」に分け、今まで一番恩恵《おんけい》を受けていたイラルド国とゴアナ国に、「自国の領地」として支援していくよう決定された。

(――要は、自分の国の事として考えて、支援しなさいよってことですね)

ただし、１つの国家を半分とはいえ取り込む事になったイラルド国とゴアナ国には様々な条件が出された。

北の『魔の森』と南の『魔の森』の関連性や大陸に点在する森林と『魔の森』の関連性

が話し合われた結果、魔物の間引き数によってモンスタービートの規模に変化が現れることが判明した。

このため、『魔の森』に隣接する地域の重要性・森林の管理が議題となり、各国でボーダーラインが決められた。

そして、契約として結ばれた内容に、

・モンスタービートへの支援
・モンスタービート後の復興支援
・アルナ領地、マルナ領地への治外法権の許可
・モンスタービートへの対策会議開催《かいさい》

などが、盛り込まれた。

(――――うちのゴアナ国は契約破りまくりじゃねーか!!!!)

うん、父と兄が般若《はんにゃ》になるのが解ります。そりゃあ、腸が煮えくり返《かえ》るわ。初めてここまで詳《くわ》しく条約の内容を聞いたけど、完全にうちの国ってダメだこりゃ。条約がなくても、うちの領地への国としての対応にすでに問題があるし、条約があるにも拘《かかわ》らずこの対応って大問題だよね。

支援も支援金も減らし、討伐にも会議にも上位役職者が参加しないし、挙げ句の果てに

は、モンスタービート関連はマルナ領主に丸投げ。

うちの領主が代々文句を言わない心広い方々だったから成り立っているだけで、それに甘えまくってるゴアナ国ってどうなの？！！


「中々の報告内容だろう？」

「ええ、随分《ずいぶん》と凄《すご》い内容でしたので、僕《ぼく》の胸が熱くて張《は》り裂《さ》けそうですよ？」

表情が抜《ぬ》け落《お》ち、瞳に鬱蒼《うっそう》とした闇《やみ》を灯《とも》して、淡々《たんたん》と言葉を交《か》わす兄と父。

（――父と兄よ、頼《たの》むからブラックオーラ止めてくれ。ブラックホールができて、吸い込まれそうなんですが……そろそろおさえ……て……）


ガチャッ!!

「しっ、失礼しまっ！　……した」

危なかった。父と兄のブラックオーラに殺《や》られる所でした。

屋敷《やしき》が重い威圧《いあつ》に包まれ異様な雰囲気になったようで、「魔物の襲撃《しゅうげき》かっ?!」と勘違《かんちが》いして、威圧感が漏《も》れている私たちがいる部屋に武器を持った執事や侍女《じじょ》、文官の方々がバタバタと足音をさせて、部屋に慌てて入って来ました。父と兄の様子を見た皆《みな》さんは「触《さわ》るな危険」とばかりに失礼を詫《わ》びてさっさと出て行きましたけど。

おかげで、父と兄が正気に戻ったので、皆さん、助かりました。

父と兄は、私が冒険者になるという将来設計から領地にこだわりは無いと考えて、決心をしたようです。

威圧を滲《にじ》ませて苦汁《くじゅう》を嘗《な》めているような渋《しぶ》い表情で尋ねて来ました。

「レミーナ、我々はこの国の領地としての役目を果たしているにも拘らず、国の我《わ》が領地への対応は最悪だ」

「父上と相談して、治外法権の行使とモンスタービート条約の違《い》反指《はんし》摘《てき》をしようと思っている」

「下手をすれば、ゴアナ国から攻《せ》め入《い》られる。もしくは領地を取り上げられる」

「レミーナは、どう思う？」

いいと思います。ただし、攻め入られるのは領民の皆に迷惑《めいわく》が掛《か》かるので、私たち辺境伯爵《はくしゃく》一家が責任を取るように仕向けてくださいね。

それとこのあたりの事情をちゃんと領民に説明すること。ただ、父と兄はどうなるの？　処罰《しょばつ》があるの？　領民にも？

あ、無いの。父と兄や家臣の皆は、領地を追われたらどうするの？　心配ない？

じゃ、大丈夫。領民がちゃんと生活出来て、領民に迷惑が掛からなければ、心情的に賛成です。多角的な方面から対策を練ってくださいね。父と兄なら、大丈夫だと思うけど。

例えば？
・ゴアナ国「マルナ領」のままなら、どうするのか。
・ゴアナ国から「マルナ領」として独立するのか、その後どうするのか。
・「マルナ領」としてゴアナ国以外の国に取り込んでもらうのか、その後どうするのか。
・「マルナ領」を出ていかなければならないなら、今後どうするのか。
とかかな？　うちは、領地と辺境伯爵家《はくしゃくけ》の財政がキッチリ分かれてるから大丈夫だと思うけど、足を掬《すく》われるような言動が無いように、これから気を付けないといけないですね。

ええ、私は私で頑張《がんば》ります。もちろん、報告や相談もちゃんとします。

2人もお手伝いが必要でしたら、いつでも言ってくださいね。

じゃあ、殺っちゃってください。心残りの無いように、徹底的《てっていてき》に。

こうして兄が帰ってきた途端《とたん》、忙《いそが》しくなったうちの領地ですが、私は通常運転です。

愉快な仲間たちが出来たので、訓練に趣味に勉強にと仲間たちと楽しくやっていました。

なにせ、冒険者《ぼうけんしゃ》になってもいいとお許しが出たし。


――――九才時――――

父と兄の水面下の工作がすごいです。父は、王都へ行きっぱなしで半年帰って来ませんでした。兄は「モンスタービート会議」に向けての報告書作りを理由に、国内外を飛び回っていました。会議は大体モンスタービート発生の5年後にすることになっているみたいです。復興で忙しいから直後は無理ですから。

私は、臣下となった兄のお土産3人+幼なじみ4人と和気あいあいと魔道具や武器、道具を研究・製作してました。

母から貰《もら》った本に、私が昔言っていた魔道具の案が書き留めてあったので、これ幸いと研究することにしたのです。

魔道具の開発が盛《さか》んなラハト帝国《ていこく》出身のスーさんがいたので、スムーズに研究を進めることができました。

あ、スーさんは晩婚《ばんこん》で子供がおらず、旦那さんはある魔道具の開発で爵位《しゃくい》を賜《たまわ》ったそうです。その権利書は後々問題に巻き込まれるかも知れないからと、旦那さんが亡くなってからすぐに国に献上《けんじょう》したそうで。それは、1回限りの通話機の魔道具とのこと。製作過程が解《わか》っても実際に作製出来るとは限らないそうなので、別に権利書は要《い》らなかったみたい。

なので、使用回数の増加、通話時間の延長、通話距離《きょり》の延長、といった改良を加えて、全く新しい通話機を開発してみました。

ついでに、行《い》き詰《づ》まっていた案件も人手と意見が増えたことで、完成させることができた。どんなものかというと、

・通話機――魔石の魔力によって通話可能。通話距離10キロ通話時間1分で使用回数5回。

・写真機――魔石の魔力によって撮影《さつえい》可能。枚数は5枚。写した写真が20センチ角サイズで魔石上空に現れ、1枚につき3回見られる。

・写真機改――魔石の魔力によって撮影可能。枚数は魔石によって異なる。写真を見る場合は映写機が必要。

・映写機――魔石の魔力によって写真機改の写真を見る事が出来る。使用回数は魔石内の魔力が尽《つ》きるまで。

・音声レコーダー――魔石の魔力によって音声を記録。使用時間5分間。使用回数1回。再生は5回。

・音声レコーダー改――魔石の魔力によって音声を記録。時間は魔石によって異なる。音声を聞く場合にはレコードプレイヤーが必要。

・レコードプレイヤー――魔石の魔力によって音声レコーダー改の音声を聞く事が出来る。使用回数は魔石内の魔力が尽きるまで。

です。母兄と作った音声レコーダーは、使用時間と再生回数を増やしてみました。

ちなみに、私特製の魔道具として、
・通話機超《ちょう》――人の魔力によって通話可能。通話時間・距離は魔力量に依存《いそん》する。使用回数は魔石が壊《こわ》れるまで。
・音声レコーダー超――人の魔力によって録音が可能。記録時間は魔石魔力量によって異なる。人の魔力によって再生が出来る。再生回数は魔石が壊れるまで。
・写真機超――人の魔力によって撮影可能。枚数は魔石魔力量によって異なる。人の魔力によって写真を見ることが出来る。再生回数は魔石が壊れるまで。
・簡易郵便魔《ま》法陣《ほうじん》（簡易移動魔法陣）――人の魔力によって小物を移動可能。移動用と座標用の２つがセット。一方通行でしか送れない。使用回数は魔石が壊れるまで。
魔道具は、使用中、魔石内の魔力を使うのが一般的《いっぱんてき》で、人の魔力を使うものは古代魔道具と同じ発想として無くはないが珍《めずら》しいらしい。

スイッチの役割で魔力を少し魔道具に流すことはあっても、ずっと流し続けることは魔《ま》術《じゅつ》以外ですることはあんまり無いとのこと。

つまり、魔道具を発動媒体《ばいたい》として扱《あつか》う物よりも、一連の作業全《すべ》てを魔石の魔力で賄《まかな》う物がほとんどらしい。
人の魔力で発動させる古代魔道具はラハト帝国でも最新の研究になるそうです。
ライター（着火魔道具）を挙げると、一般的には、

魔道具に魔力を少し流す（使用者の魔力）
↓
魔石内の魔法陣により着火（魔石の魔力）
↓
火を点《つ》けたままにする（魔石の魔力）
↓
使用回数が限られる

私が作ると、

魔道具に魔力を流す（使用者の魔力）

↓魔石内の魔法陣により着火（使用者の魔力）
↓火を点けたままにする（使用者の魔力）
↓魔石が壊れるまで使える

になる。

私が作る魔道具は、魔法陣を固定するためだけに魔石内の魔力を使うので、使用回数の上限がなくなるのだ。しかし、難点は使用者にある程度の魔力がないと使えないこと。よって今度は魔石を電池として使えないか、研究事項《じこう》が追加になりました。

こんな感じで、研究や製作を楽しみつつ、魔法や武術の鍛練《たんれん》、マナーや話術の訓練、各国の特徴《とくちょう》や歴史の勉強、各地の特産物や魔物の勉強などなど、飽《あ》きや退屈《たいくつ》がないように日《ひ》替《が》わりでがんばっています。

――そんなこんなで父が王都から帰ってきてから2ヶ月後《かげつご》、事態が動きだしました。

マルナ領内にある街や村などの各代表者を領主館に集め、会議をしているようです。

きっと、あの腸が煮えくり返るこの国の仕打ちを話しているのでしょう。ある方向から、魔力の放出や威圧感などがとんでもないことになっているから……。

私は、年齢的《ねんれいてき》に不参加です。呼ばれたら行きますけど。

で、1ヶ月に及ぶ会議の結果、「領主様、殺っちゃってください」で合意したそうです。うん、そうですよね～。あれを聞いたら、この領地に住んでいる人は殺気が出るよ……。

会議が長引いたのはむしろ、今後の対応・対策についてだったそうです。しっかりと話し合って、概《おおむ》ね対策が練られたようです。よかった。

領民代表者会議が終わってからの、各街や村の行動は素早《すばや》かった。4ヶ月後に行われる「モンスタービート会議」までに、どんな結果になっても大丈夫なように、それぞれの住んでいる所で準備するそうです。

そして、父と兄の行動も素早かった。早馬を出して、「モンスタービート会議」参加国にマルナ領から直接手紙を送ったそうです。

本来なら、「ゴアナ国」のマルナ領として出すものなので、国経由でなければ反逆罪に問われてもおかしくない事です。

でも、我が領地は治外法権が許可されているし、国から丸投げされているモンスタービート関連の事なので幾《いく》らでも言い様があるそうです。

ちなみに、手紙の内容は、シンプルに「マルナ領から議題を1つ挙げたい」って感じのことだそうです。安全のため、情報が漏れないように詳しいことを伝えない方針だとか。

ただし、イラルド国のアルナ領主へは、兄が直接赴《おもむ》き、「議題を1つ挙げたい。その資料として、書類を作成して欲《ほ》しい」と伝えたそうです。

「現在までのモンスタービートへの国の対応の経緯《けいい》」や「領への国の対応の経緯」、「領に対する国及び他領地の印象・認識」などについて、比《ひ》較《かく》対象を明確にするために、アルナ領地とマルナ領地それぞれで同じ項目《こうもく》の資料書類を作成して「モンスタービート会議」に臨《のぞ》むそうです。

（――父と兄は、本気で殺る気だ）

そんな鬼気《きき》迫《せま》る顔で働く2人の執念《しゅうねん》をひしひしと感じながら、私は私で魔道具の作製に力を入れるのでした。


――side　兄――

モンスタービートで母上を亡くしてから、僕の生活は忙しくなった。

母上の置《お》き土産《みやげ》から始まった国への疑問のせいではあるが、次期辺境伯爵に必要なこととして精力的に動いている。

ただ、留学中にレミーに会えなかったのは寂《さび》しかった……。

レミーは昔からとても変な子だった。あんまり泣かない、愚図《ぐず》らない、癇癪《かんしゃく》を起こさない、子供らしくない子供だった。

しかも、知識欲が旺盛《おうせい》で何でも知りたがり、たまに小さな大人が中に居るんじゃないかと思ったことも1度や2度ではない。

まあ、レミーが4才の時に記憶持ちが判明してから、納得した。そして、発想がとても面白《おもしろ》い子であることにも。

彼女《かのじょ》は大人に負けない頭の回転をしているのに、無邪気《むじゃき》さやイタズラ心があり、何より人への思《おも》い遣《や》りが深い。表情はいつも笑顔で楽しそうな雰囲気《ふんいき》だし、突《つつ》けば可愛《かわい》らしい顔が見られて癒《いや》されていた。

真《ま》っ直《す》ぐに人と向き合い、正直に気持ちを伝えるとても素直《すなお》な彼女が、将来社交で揉《も》まれることに心配になったものだ。

そんなレミーも、母上の死から雰囲気が変わった。きっとあの母上の言葉だろう。記憶持ちは早熟であるといっても人それぞれらしいが、僕はレミーがあんなに変わるとは思わなかった。

段々と子供らしさが消えたのだ。

留学中にもらっていた返事の内容から、イタズラ心や思い遣りは変わらずにあるが、整然とされた思慮深《しりょぶか》さが浮《う》き彫《ぼ》りになってきたのだ。

相変わらず日々を楽しんでいたようだが、物事の割り切り方、捉《とら》え方《かた》、考え方などのバラエティーに富んだ思考力。人物や事柄《ことがら》に対する容赦《ようしゃ》の無さ。突飛な発想力と推理力。

今まで僕達《ぼくたち》家族が見てきたレミーは、ただの一端《いったん》に過ぎなかったのだと気付かされた。

もしかしたら僕が書いた手紙も、深読みして伝えたい事実をほとんど理解しているかもしれない。それに気付いてからは、余り酷《ひど》い内容にはならないようにしたけど。

そして、留学から帰ってきてから余計にレミーの大人っぷりに吃驚《びっくり》した。同時に落胆《らくたん》もした。あの可愛い反応をしてくれなくなったんだ……。なんで留学なんかしたんだろう……。

だが、同じ目線で物事を捉えられるレミーを頼もしく思った。これから父上と僕がしようとしていることは、レミーにも影響《えいきょう》が出る。しかし領民の事を思うとレミーを優先する訳にもいかない。

申し訳なく思ったが、僕達の行動に賛成するどころか、むしろ冒険者になりたいと爆弾発言をしたレミーに逆に唖然《あぜん》とさせられた。あれは、本当に驚《おどろ》いた。その上理由を聞いて、納得・驚嘆《きょうたん》した。自身の身の振《ふ》り方、領民・国への義務が考慮《こうりょ》してあり、尚且《なおか》つ、僕達の行動を邪魔《じゃま》しないように考えられていたのだ。

僕は次期辺境伯爵。地獄《じごく》ともいえるモンスタービートを共に乗《の》り越《こ》えてきた大切な領民を守る者。

妹の気遣《きづか》いとエール、そして、今まで蔑《ないがし》ろにされてきた先祖や領民の憤《いきどお》りを力に、他人の犠牲《ぎせい》に甘えて安穏《あんのん》と暮らす、傲慢《ごうまん》な者共に今まで払《はら》ってきた犠牲を返してもらおう。

第二章　モンスタービート会議、始まる

―――side　父―――

―――モンスタービート会議

大国からはホザ王国、ラハト帝国、イラルド国、そして我がゴアナ国、中小国からはヨーワ教国、王妃の祖国と3ヶ国《かこく》が参加。

開催場所は警備などを考慮し、4大国間で持ち回りになっている。

今回の開催場所は我がゴアナ国。警備面や接待面に大変気を遣《つか》うことになるが、交流の一環《いっかん》ともされるので、何か問題が起これば国が侮《あなど》られる。

会議期間中は開催国《かいさいこく》として王都が緊張《きんちょう》に包まれることになるが、対等もしくは格上の国との交渉術《こうしょうじゅつ》が磨《みが》かれる良い機会でもある。

「これより今回のモンスタービートについての会議を開始致《いた》します」

特務団団長として私は出席し、辺境伯爵代理として息子《むすこ》オルコに参加させた。

いつもなら私が独りで2役を兼《か》ねて出席しているが、国・領地からの客観的報告という尤《もっと》もらしい理由で参加をもぎ取った。

他にもいつもは参加しない面々が主催国《しゅさいこく》の見栄《みえ》と顔繋《かおつな》ぎのために参加している。開催国として議長を設け、会議をスムーズに運ぶ手腕《しゅわん》も他国から値踏《ねぶ》みされるのだ。もちろん、報告の内容的にも充実《じゅうじつ》したものを求められる。問題提起や過去の資料からの推測、次回への対策などについての意見を予《あらかじ》め用意しておかなければならない。

また、他国からの意見にスムーズに答えられなければ恥《はじ》になるため、モンスタービートについて詳しい者を出席させる事が必要になるからだ。

宰相が議長を務め、国王・王太子・軍務団団長・特務団団長並びに隊長クラスが会議卓《たく》に着席し、軍務団隊長クラスや上位貴族の当主などが壁際《かべぎわ》に着席・起立して会議に参加している。

他3大国からは、宰相や宰相補佐官だけでなく王族として王太子が担当者と一緒《いっしょ》に代表として出席。

隣国イラルドは国王も出席している。

ヨーワ教国からは上からナンバー2の司教クラスが、他の中小国はいつも通りの面々が出席している。

これは、事前に早馬を送った『マルナ領から議題を提案させていただく』という、国を通していない意見を重く見た各国が即座《そくざ》に対応できるように参加メンバーを厳選したものと思われる。

参加者名簿《めいぼ》を作成した文官や接待の采配《さいはい》を考える宰相達《さいしょうたち》は、大物の面々が参加することに吃驚《びっくり》したことだろう。

上位貴族は顔繋ぎ出来る可能性に喜んだことだろう。

そして、我がゴアナ国がこんなにも各国から注目されていることに、自尊心がくすぐられたに違《ちが》いない。

(――だが、その注目は何なのか、思い知るといい)

我がマルナ領の代々の当主や領民達《たち》を踏《ふ》みにじってきた数々の所業、人の犠牲の上に成り立っている『幸せな生活』という事実を当たり前だと享受《きょうじゅ》している自分勝手さ、自分達の見栄《みえ》やプライドのために事実をねじ曲げる傲慢さ、全てをつまびらかにし白日の下《もと》に曝《さら》してこれ以上好き勝手にはさせやしない。

(――オルコと共に領地を、領民を守ってみせる)

さあ、闘《たたか》いだ。

オルコと目線で会話し、臨戦態勢にはいる。

（次回モンスタービートへの対策がまとめられてきたな。そろそろマルナ領からの議題を出《だ》させてもらおうか）

――――side　兄――――


「恐《おそ》れ入りますが、最後の議題をマルナ領から1つ挙げさせていただきます」

会話の合間にできる一瞬《いっしゅん》の隙《すき》をついて、会議卓の面々によく姿が見えるよう、壁際に配置されていた椅子《いす》から立ち上がり、一歩前へ出て発言をした。

きっと僕の顔は、獲物《えもの》に食いかかる野獣《やじゅう》のようになっているだろう。

周りの貴族はざわめき、国王・宰相はなんで新たな議題を出すのだとこちらを睨《にら》み付《つ》けている。

お門違《かどちが》いもいいところだ。

他国の質問に答えられないのは、自分達がきちんとモンスタービートに向き合ってなかったからだ。

1度十代に討伐に参加したからといって、終わった気になるな。

モンスタービートはこれからも続いて起こるのに、なぜそれが解らない。

精一杯《せいいっぱい》取り組んでいる気になっているが、その場しのぎに過ぎない。

そもそも、精一杯というならなぜうちの領地がこんな扱いを受けているんだ?!

「各国の皆様《みなさま》が、これまでに国としてモンスタービートにどのように取り組まれてきたのか、そして、どのように対策を取られてきたのか、是非《ぜひ》とも、我が領地の現状を知っていただき参考までにご意見を頂戴《ちょうだい》したいのです」

「そのような議題は聞いておらん」

即座に国王から突っ込みが入るが、根回しは済んでいる。

宰相に顔を向け、

「我がマルナ領から国へ、モンスタービートに関する『これまでの国の対応の経緯』や『我が領地への対応の経緯』など、是非ともお調べいただきたいと特務団に申し込みました」

「我が特務団は宰相並びに軍務団・近衛団に報告しております。そして、各部署から資料を受け取っております」

宰相が顎《あご》に手をあて考え込み、そう言えば……と気付いたようだ。

「確かにそのような申し込みがあったな」

「その折に、合わせて議題の申し込みもしております。200年前のモンスタービート条約を踏まえての確認《かくにん》だと。なにかあったら議題になりますと」

場が凍《こお》った。議題を出したということは、違反《いはん》が見つかったということだから。

国王と宰相は顔面蒼白《そうはく》、軍務団団長はこちらを睨み付けている。

「たかが一領地が議題を挙げるなど控《ひか》えろっ！」

堪《こら》えきれなかったのか、軍務団団長が怒鳴《どな》り付けてくる。

こいつこそ自分の言っていることが、理解できてんのか?!

「恐れ入りますが、一領地がとおっしゃいますが、モンスタービート条約は隣国イラルド国のアルナ領並びに我が領地についても契約が結ばれています。軍務団の団長をされていて会議卓に着かれている方が、まさか、ご存知ないはずがありませんよね？」

「ぐっ……」

黙《だま》った。本当に知らないようだ。

約２００年前の超大規模モンスタービートの発生により、大陸の約１／４が壊滅《かいめつ》、約50万人死亡。南の『魔の森』を囲うように存在していた「アマルナ国」の、人口の１／４が死傷、国土壊滅状態。その「アマルナ国」の支援《しえん》と、モンスタービート対策として締結《ていけつ》された。

という有名な条約なのに。

というか、この大陸に住んでいる限り一度は耳にするはずだが。

まあ、最近まで僕たちも『マルナ領地がモンスタービート対策をする』という内容の条約だと勘違《かんちが》いしていたんだけどね。

このやり取りを見た各国の代表者たちは軍務団団長に白《しら》けた目を向けた。そして、イラルド国の代表者から援護《えんご》がきた。

「彼《かれ》の席がこちらの会議卓に必要と思いますが。皆さんどうでしょう？」

各国とも、アルナ領を抱《かか》えているイラルド国からの提案のための賛成のようだ。

文官が壁際にあった僕の椅子を何処《どこ》に置いたらいいのか迷っている。

身分的に一番下なので、皆さんからよく見える、今の場所より会議卓に近いけど、同列に並ばないような位置に誘導《ゆうどう》して、その椅子の前に再び立ったまま口上を述べた。

「挙げさせていただく議題は、先程《さきほど》述べた事です。皆様に解りやすくご説明するために、こちらの魔道具を使用いたします」

レミーが開発した写真機と映写機を皆に見せて、近くにいた衛兵に危険物ではない確認をしてもらった。

「この魔道具は、最近開発したもので、『写真機』と『映写機』というものです。今、見ている風景を切り取って保存するものです。このように」

衛兵から返してもらった1つで、自分を写し、皆に見せた。今回の映写機は遠くからでも見られるように、掌《てのひら》サイズの写真を100倍大きく映し出せるものを――――映画館のスクリーンとか言っていたが――――レミーに頼んで特別に作ってもらった。

他国の方々もうちの国の人達も、「なんと素晴《すば》らしい」「こんなものがあるのか」と絶賛のざわめきが起こったが、沈黙《ちんもく》を促《うなが》す咳払《せきばら》いをし、話を進める。

「まずは、200年前に結ばれたモンスタービート及びアマルナ国に関する契約をご存知ない方がいらっしゃるようですので、そちらを映写機に映します」

うちの国王や宰相、貴族どもがざわざわし始める。

「各国の代表者様、ご確認いただいても宜《よろ》しいでしょうか？」

イラルド国の代表者が、相違《そうい》ないと発言してくれ、各国とも同意した。さて、うちの国の者共はちゃんと勉強しているのかね？

「では、我が国《くに》の『モンスタービートへの現在までの国の対応の経緯』や『領への対応の経緯』、『領に対する国及び他領地の印象・認識』について追って映写機に映します」

国の対応の経緯として、これまでに国にやられた理不尽《りふじん》なことを年表にしてやった。

余りにも多すぎて3枚になったので、1枚ずつ要点を押《お》さえながら話した。
・領地を減らされたこと

・支援金《しえんきん》を減らされていること
・討伐《とうばつ》部隊の人数が減らされていること
・討伐特別報酬《ほうしゅう》が廃止《はいし》になっていること
・国から派遣《はけん》される討伐部隊数が減っていること
・国の上層部が討伐に関《かか》わっていないこと
・国の上層部が会議に関わろうとしないこと
・特務団に任せっきりであること
などを淡々としゃべると、イラルド国代表者から怒声《どせい》が飛んだ。

「ゴアナ国はマルナ領地をどれ程馬鹿《ほどばか》にしているのか‼」

ゴアナ国王を睨み付け、弁解があるなら言ってみろや！　という雰囲気のイラルド国代表の様子に、溜飲《りゅういん》が下がる気がした。

ええ、僕もそう思います。

「いや、これは……」

と国王と宰相《さいしょう》がしどろもどろに何かを言っているが、要点がハッキリとせず、言いたいことがさっぱり解らない。

うちの貴族どもは、何がいけないのか解ってない様子だし。

「お言葉ですが、マルナ領地は我が国の領地。国の指針に従うべきではないですか？」

1人のゴアナ国公爵《こうしやく》がさも当たり前のように、壁際から発言した。

これに、各国の代表者たちが視線を向け、侮蔑《ぶべつ》の表情をした。

公爵は、なぜ自分の発言にそのような表情をされるのか解らないようで、顔をひきつらせて目線を下へ向けた。

そこへ、ラハト帝国の代表者が、試《ため》すように冷たい微笑《びしよう》で質問を返した。

「まず、ここに居るゴアナ国の皆様にお聞きしたい。何人の方が、モンスタービート及《およ》びアマルナ国に関する契約《けいやく》の内容をご存知なのかな？　ほら、今、発言された方、お答えください」

「……モンスタービートに対する対策についての内容だと記憶《きおく》しています」

「では、具体的にアマルナ国に対してどのような契約になっていましたか？」

「……イラルド国とゴアナ国に取り込みそれぞれの領土とすると……」

「「「「はあ～」」」」

各国から一斉《いつせい》に溜《た》め息《いき》がもらされた。

公爵の返答を聞いたラハト帝国の代表者は、目を怒《いか》らせ無表情で矛先《ほこさき》を変えた。

「今の公爵の方かな？　と違う意見の方はいらっしゃらないのかな？」

会議卓に着席している国王・宰相・軍務団団長と壁際に座《すわ》っている貴族たちを見回しながら強い口調で聞いた。

ゴアナ国側は誰《だれ》もが目線を逸《そ》らし青ざめている。

「この国の貴族の方々はそういう教育をされているのですね。では、国王様並びに宰相殿《さいしょうどの》にお尋《たず》ねしたい。お答えいただけますね？」

じっと2人を見つめるラハト帝国の代表者。

その視線の強さとプレッシャーに国王と宰相の顔色が悪くなってくる。

「恐れ入りますが、お答えいただけなければ彼等《かれら》と同じ教育を受けてきたと各国は受け止め、大変な事態になりますがよろしいですか？」

「……国を守ってくれている位置にある領地で、モンスタービート関連を受け持つ領土だと……」

「他には？」

絞《しぼ》り出したような小さな声で国王が答えた。

切り捨てるように冷たく更《さら》に問われる。

「「…………」」

結局国王も宰相も黙った。

各国の代表者たちの表情は侮蔑《ぶべつ》・嫌悪《けんお》・憤慨《ふんがい》など、様々な恐ろしいものになっていた。

イラルド国の代表者たちからは、父と僕に憐憫《れんびん》の眼差《まなざ》しをくださった。

ええ、よく我慢《がまん》したと思いますよ。先祖の方々は。

身動きひとつ出来ないような重い空気が会議場に広がり、沈黙に包まれた。これでは先へ進めない。

「各国の皆様。あと2項目について発表しておりませんが、いかがいたしましょう」

実はまだまだあるんだぜ、と黒い笑《え》みを浮かべて尋ねると、余計に空気が重苦しくなった。

（――――僕たちの気持ちを思い知れ!!）

映写機に新しい写真機をセットし、金額の変動がわかる折れ線グラフ資料を映した。

領地に対する経緯として、
・復興支援金を減らされていること
・給金を減らされていること
・領税優遇《ゆうぐう》を撤廃《てっぱい》されていること
・討伐部隊の前衛を領民にさせること
などを説明し、映写機の操作をして領地別討伐隊数の折れ線グラフ資料を映し、他領地か

らの対応・認識《にんしき》として、
・近隣《きんりん》の領地以外は討伐部隊を派遣しないこと
・遠方の領地になるにつれ、モンスタービートを軽《かろ》んじていること
などの説明をした。

耳が痛くなりそうな静寂《せいじゃく》の中で、僕《ぼく》は怒《いか》りをあらわに壮絶《そうぜつ》な笑みを浮かべながら、手を握《にぎ》りしめた。

説明の最中、イラルド国王の左手が僕と同じように握りしめられているのがチラリと見えた。

各国の代表者たちは怒りを通《とお》り越して無表情になり、目だけがギラギラとしていた。

そのお気持ちよく分かりますよ。僕たちもそうでしたから。

「以上が、我がマルナ領の現状です。これに対して、ゴアナ国は先程質問にお答えになった国王様や宰相様、公爵様の様子から解るように、ご自分達のなさっていることが理解できていないようなのです。ですから、各国の皆様から智恵《ちえ》をお借りし、対策を立てていただきたいのです」

一番初めに映した条約の写真に戻《もど》し、刺《さ》すような視線を国王・宰相に向け、説明を続ける。

「200年前に結ばれた通称《つうしょう》モンスタービート条約は、大規模なモンスタービートにより、壊滅的《かいめつてき》な打撃《だげき》を受けた『アマルナ国』に周辺国が恩を返すために、そして、今後大規模モンスタービートが発生しないように対策を立てるために結ばれた契約です」

目線を合わせない国王と宰相に、目じりがきつく吊《つ》り上《あ》がりそうになる。

「契約当初までの約1700年間、南の『魔の森』で発生するモンスタービートから、イラルド国やゴアナ国、その周辺国に位置した国々は『アマルナ国』に守ってもらっていたのです」

そう。僕等《ぼくら》マルナ領民が命を削《けず》っていた事実から目を背《そむ》けるな！

「大国のイラルド国とゴアナ国を中心にその周辺国が恩を返しやすい環境《かんきょう》を整えるために、条約会議で議論され、結果、『アルナ領』『マルナ領』に分けて大国の領地とみなすことになりました。そして、治外法権をもたせることで、『国』と同じ扱いをするように釘《くぎ》も刺されています」

憤怒《ふんぬ》で言葉が震《ふる》えそうになるのを抑《おさ》え、怒鳴り散《ち》らすような声量にならないように調整し、荒《あら》くなりそうな息遣《いきづか》いを整え、ゆっくりと言葉を発し、文章が長くなりそうな時には一呼吸してから続きを話した。

僕がしゃべるたび、各国の代表者たちは重く頷《うなず》いていた。

さあ、仕上げだ。声に抑揚《よくよう》をつけ、一番言いたいことを効果的に伝えなければ。

「条約に挙げられていた具体的な内容として、モンスタービートへの支援、モンスタービート後の復興支援、アルナ領・マルナ領への治外法権の許可等がありますが……」

一旦《いったん》言葉を切り、挑《いど》むようにゴアナ国側の人間を見回し、冷笑《れいしょう》と侮蔑が入り交じった表情を浮かべ、きつい口調で続けた。

「ゴアナ国の方々へお聞きします。あなた方の恩とは、恩人の手助けもせず、恩人にモンスタービートの処理を押し付け、恩人を犠牲にして生活していることを当たり前とし、感謝の気持ちも態度も言葉も行動もない事ですか？」

言ってやった!!

これまで先祖達が言ってやりたかったことだろう。

父を見ると、晴れやかに笑っていた。目線は冷たくゴアナ国王に向けられ、穴が開きそうだったが。

ゴアナ国側の人間は誰1人として身動きもせず、下を向いたまま言葉を発しようとしなかった。

「皆《みな》さん、お答えにならないのですか？」

冷ややかな声で、イラルド国王が発言を促した。

口を動かそうとするものの、言葉に出来ないのか、ゴアナ国王も宰相も言葉を口にすることはなかった。

「なぜ、契約があると思われているのですか？」

イラルド国王がゴアナ国側に続けて質問を始めた。

言いたいことを言えたスッキリ感から、僕はその様子を傍観者《ぼうかんしゃ》のように、第3者目線で落ち着いて見ることができた。

「マルナ領地やアルナ領地がそれまでと同じように機能しなければ、結局イラルド国・ゴアナ国・周辺国にモンスタービートの被害《ひがい》が広がり、果てはモンスタービートの仕組みによって北側の国々にも影響が出るからです」

「そうですね。条約に参加した北側の国々はアルナ領地・マルナ領地を手厚く支援するように求めています。その対価として我《わ》がラハト帝国《ていこく》は、イラルド国・ゴアナ国には、ある程度の国交的優遇措置《ゆうぐうそち》をしているはずですが、まさか、ゴアナ国ではマルナ領地に還元《かんげん》されていないとは……」

イラルド国王に賛同するように、ラハト帝国の代表者が見下すように呆《あき》れた声で言った。

ゴアナ国側は、青ざめている者、顔をしかめて考えている者、イライラしている者など烏合《うごう》の衆になり、何を言われても言葉を返せない状態になった。

沈黙で刻々と時間が過ぎて行く。

議長である宰相が青ざめて口をアワアワとさせ、どうすればいいのかという思考に陥《おちい》り、進行役を放棄《ほうき》しているからだ。

段々と各国の代表者たちがイライラし始める。

皆、びっちりとスケジュールが埋《う》まっている忙《いそが》しい方々だから、時間がもったいないと思われているのだろう。

うちの貴族どもはあまりにも沈黙が続いているものだから、身の置き場がないのかそわそわし始めている。

さっさと役目を思い出せよ!!　宰相!!

5分ほど時間が経《た》って、ホザ王国の代表者が溜《た》め息《いき》をついて言った。

「はあ～。議長が進行せねば会議は終わりませんぞ。時間は有限ですぞ」

宰相が青を通り越して白くなった顔をあげ、言葉を口にしようとするが、掠《かす》れているのか息が漏《も》れているのかわからないが、声が聞こえない。

ゴアナ国王も白くなったまま微動《びどう》だにせず固まっている。

ついにイライラの頂点に達したのか、ラハト帝国の代表者が冷たく言い放った。

「議長交代を要求する。これでは会議が進まない。しかも、議題が契約に違反しているゴアナ国の改善だ。自国に関する議題に客観的になれないなら、他国に議長をしてもらうべきだ」

「そうですね。時間の無駄《むだ》ですね」

「そうですな」

ゴアナ国以外の国々で決がとられ、ホザ王国の代表者に議長になってもらうことになった。

パアーンッ!

ホザ王国の代表者は、手を叩《たた》きゴアナ国側の面々を正気にさせ、大きな声で言った。

「今、会議中ですぞ!! 呆《ほう》けるのや青ざめるのは後にして、会議に集中してくだされ!!」

さすが、代表に選ばれる方だと感心する。

さて、うちの国から返事をもらってないのですがね。恩に対しての考え方を。

ホザ王国の代表者に顔を向け、僕はいつでも会議を再開しても大丈夫《だいじょうぶ》だと目線を送る。

「では、会議を再開いたしますぞ。議題についての確認ですが、ゴアナ国の許しがたいマルナ領地への対応を改善するということですな」

僕はしっかりと首を縦に振《ふ》り、肯定《こうてい》の意思を伝える。

「条約に参加している国々は、ゴアナ国のマルナ領地への対応は条約に違反する行為《こうい》であると思われますかな？」

各国の代表たちが揃《そろ》って頷《うなず》く。

「マルナ領地代表者の方に聞く。どうすれば良いと思われているかな？」

優《やさ》しさを声に滲《にじ》ませて、僕に尋ねてきた。

父に目線を送ると、父もこちらを見ていた。黒い笑みを浮かべて。

僕も黒い笑みを返し、ホザ王国の代表者に返答する。

「今まで受けるはずだったものをきちんと渡《わた》していただきたい」

曖昧《あいまい》な表現であるため、ホザ王国の代表者も少し困った顔をして聞いてきた。

「それは、どういうものじゃな？」

「先程説明をしましたが、多くの事がゴアナ国の勝手によって廃止《はいし》されたり減らされたりしております。増額しろとは言いません。２００年前に決めた金額で結構ですので、本来受けとるはずだった金額との差額をまずは、お支払《しはら》いいただきたい。これは、モンスタービート討伐への対価として決められていたことです。僕たちも先祖たちも、ちゃんとその役割を果たしています。ですから、正当な対価としてお支払いいただきます」

「うむ。正当な理由じゃな。各国の皆様もいかがかな？」

異議なしと皆さん、うんうん頷いてくださった。

「他にもあるかの？」

少し笑いながら、面白がるように言われた。

僕も少し笑みをこぼしながら、

「一気に申し上げてもよろしいでしょうか？」

と言うと、ホザ王国やラハト帝国の代表者の方々が、期待するかのようにフフフと笑われた。

「よいぞ」

「では。先程《さきほど》申し上げた正当な対価とは別に、切り取った領地の代金をお支払いいただきたいこと。これらは、絶対にお支払いいただきます。ゴアナ国が、僕らマルナ領地から取り上げたものですから。あとは、貴族全員、魔物討伐《まものとうばつ》に1年に3回参加すること。貴族は、モンスタービート討伐に最低1回は参加すること。上位貴族は一家につき1人成人男性をモンスタービート討伐に毎回参加させること。国や他領地の討伐部隊を200年と同等かそれ以上にすること。くらいでしょうか。ただし、正当な対価及びかすめ取った領地代金を払い終わるまでは、マルナ領民はモンスタービート討伐に参加しません」

すっきりとしたイイ笑顔《えがお》で言い切ってやった。

代表の方々は、よく言ったと目で賛同してくださっていたが、最後の言葉に、ホザ王国の代表者が目をぱちくりさせた。

「モンスタービート討伐に参加しないとは？」

「領民全員、避難《ひなん》させます。貴族は義務ですから辺境伯爵《はくしゃく》一家はもちろん参加いたしますが、庶民《しょみん》は僕ら貴族のように剣《けん》や魔法《まほう》を習う機会は、ほぼありません。ですから、領民はそもそも自衛の範囲内《はんいない》でのお手伝いだと考えます。それなのにうちの領民に前衛などという危険を冒《おか》させるのです、ゴアナ国の軍務団や討伐部隊は。うちの領民にそんなことをさせるなら、言い出した方の領民も同じようにしていただかないと。そして、貴族への対策を受け入れて頂けないのならば……」

「……ならば？」

「僕らマルナ領地はゴアナ国から離《はな》れるか、領地全《すべ》てをゴアナ国に買い取っていただき本当にゴアナ国領地にしていただきます。ああ、全領地買い取りになった場合、バルフェ家及び領民は含《ふく》まれていませんので、各自それぞれが好きに生きさせてもらいます。ゴアナ国を出る者、他領地へ移り住む者、冒険者になる者、など色々いるでしょうね。最後に、治外法権を行使いたします。今日から、『マルナ領地』を『国』と同じ扱《あつか》いにしていただきます。ゴアナ国の領地という感覚でいらっしゃることが、そもそもの原因だと思われますので」

「なんと……」

「以上です。まとめると、1つ目は正当な対価及びかすめ取った領地代金の支払い。2つ目はその支払いまでの条件。3つ目は貴族への具体的な対策。4つ目はその貴族対策がなされない場合の条件。5つ目は、これら全ての事が完了《かんりょう》するまでの対策ですね。率直《そっちょく》に申し上げて、これらは最低ラインの事です。僕は、これらとは別に『今までの恩』をマルナ領地に還元されるべきと考えています。……が、ゴアナ国の皆様の『恩を返す』は、どうやら僕とは考え方が違うようなので、最低ラインの事ぐらいはしていただくように、明言しました」

最低限の範囲《はんい》であるのに、僕が条件を話せば話すほど、ゴアナ国側の貴族たちは顔を白くさせていた。

中には、睨み付けてくる輩《やから》もいたが、どうせこの場で発言できるほどの度胸は無いだろう。

そんなゴアナ国貴族たちに侮蔑の視線を向け、各国の皆様は盛大《せいだい》な拍手《はくしゅ》をくださった。

「では、各国の代表者の皆様は、マルナ領地代表者が出した案が正当な理由と対価であると認められましたの。ゴアナ国王様並びに宰相殿《どの》。そして、この部屋にいらっしゃる貴族の方々、ゴアナ国以外の国々は、マルナ領地の意見を是《ぜ》としております。いや、はっきりと申し上げる。契約を違反し続けているのはゴアナ国ですぞ。あなた方の返答次第《しだい》では各国に賠償金《ばいしょうきん》も発生いたします。話し合いの時間はどれ程《ほど》必要かの？　我らはゴアナ国が出す返答が是か非か判断いたします」

ホザ王国の代表者がゴアナ国宰相に顔を向け、無表情で返答を待つ。

目を泳がせて、国王と宰相がこそこそと話をし、白い顔色のまま言った。

「1週間ください」

父と僕はゴアナ国側の話し合いには参加しない。

僕らを呼びつけそうな雰囲気《ふんいき》をみかねて、マルナ領地出身の者以外で話し合い、議題や意見への返答を出すように、議長が苦言を呈《てい》したのだ。

まったく。僕らを脅《おど》して議題の取り消しを狙《ねら》ったんだろう。

誰がそんなもの受け入れると思うんだ？

ゴアナ国側は、朝から晩まで話し合いのようだ。

一方僕たちは、父だけでなく僕も他国の方々から面会の申し込みが殺到《さっとう》し、邸宅《ていたく》に帰れなくなった。

レミー、寂《さび》しがってないかな…………。

でも、やらなければいけない、他国への説明もあるので仕方がない……。

レミー、お兄様は頑張《がんば》っているからね。

ゴアナ国も僕らもバタバタした日を過ごし、会議が4週目に入った。

これまで、会議参加者と面会したり、ゴアナ国側がどんな対応をしてきても論破出来るように対策会議をしたりしながら、父と共にイライラして会議再開を待っていた。

そして、待ちに待った会議再開の知らせを受け、やっとゴアナ国側が出した返答を聞くときがやってきた、と意気揚々《いきようよう》と会議場に向かった。

しかし、その場に待ち受けていたのは、考えてもみなかった事だった。

会議に関係のないレミーナが入室してきたからだ。

(――ゴアナ国はどうやら腐《くさ》ってるな！)

◆第三章　私もモンスタービート会議に参戦

――十才時――


モンスタービート会議に父だけでなく兄も参加することになったそうなので、独りでお留守番するより王都を見てみたいとわがままを言って、ついて行くことにしました。

ただ、会議期間中、父は役職がら王城に籠《こも》ることになり、ほとんど邸宅に帰れないかもしれないとのこと。

兄も辺境伯爵代理としての参加のため、話し合いの内容によって帰れない日があるかもしれないそうだ。

それでも、王都で売られている魔道具や生活用品、生活道具などをぜひ今後の参考にしたかったので、マルナ領からの議題を出す日までは外出のオーケーをもらいました。ただし、辺境伯爵令嬢《はくしゃくれいじょう》として、大人の思惑《おもわく》や都合などによる誘拐《ゆうかい》や恐喝《きょうかつ》に遭《あ》う可能性があることを十分注意されました。

もちろん、注意しますよ。なんなら返《かえ》り討《う》ちにしますけど？

王都民に対して思うところはあるけど、彼等《かれら》庶民《しょみん》は各々《おのおの》の生活のことで頭がいっぱいなだけでしょう。

街中に溢《あふ》れている情報は貴族によって手が加えられていることもあるため、知らないうちに間違《まちが》った情報や事実をねじ曲げて解釈《かいしゃく》されている情報の中で生活していることも考えられます。

事実の裏にある真実の情報が手に入り難《にく》い位置にいるからこそ、あの議題が出された後の街の噂話《うわさばなし》はとても重要ではないかと思います。

だって、自分達の生活さえ守られれば問題ない彼等は、貴族のように見栄やプライドが無い分だけ正直ですから。

さあ、彼等はどんな情報を掴《つか》み、どう思うんでしょう。

そして、彼等はどんな行動を取るんでしょうか。

黒……いや重たい話題は、皆をブラックな笑顔にさせてしまうので、割り切って父と兄にお任せして、私は楽しく情報収集に勤《いそ》しみます。

そして、街中をウロウロして思ったのは、
えっ？　こんなにショボいの？

マジで？　こんなに高いの？

ん？　見たことあるこれが最新？

使い方がわからないからこの値段？　もったいなくね？

などなど、驚《おどろ》きがいっぱいで面白《おもしろ》かったです。他国との交流が主に中小国であるからか、マルナ領よりもショボい物が沢山《たくさん》ありました。

大国から仕入れている物は輸送費やら貴重さから値段が高くなっているけど、マルナ領で安く手に入れられる物もありました。

あ、最新魔道具として、音声レコーダーがありました。王都にも流通しているんですね。

店長に大絶賛&おすすめされたので、ちょっと恥《は》ずかしかったです。

性能面は置いといて、確かに種類だけは多いけど、ろくな魔道具が見つかりません。

王都では魔道具開発はされてないいんですかね？

しか～し、やっと見つけた！

あるお店の片隅《かたすみ》に、なんと人の魔力《まりょく》で発動させる魔道具を発見！

店長に話を聞くと代々受《う》け継《つ》がれた物らしい。動画を撮《と》れるものらしいけど、どうにも発動しないからボロ商品で格安だそうです。

知らないいってこわ～い。ってか、昔からあるってことはうちの国の魔道具研究、衰退《すいたい》してるんじゃないの？　ま、遠慮《えんりょ》なく買います。

生活用品・道具はホザ王国の輸入品がとても良かった。さすが鍛冶《かじ》・道具の国。

領地内ではあまり見たことがなかったので、勉強になりました。

ジョンに解説とかしてもらえたし、最新の道具・防具・武器も手に入れる事ができて、皆ホクホクです。

外出禁止令が出るまで、愉快《ゆかい》な仲間たちと王都を練り歩き、調査見聞し感じた事は、王都の貴族の生活水準がうちの領よりも格段に良いこと。無駄に。いいですか、ム・ダ・にです。

庶民と同じ空間は身分的にあり得ないから個室?!

（――その品物、誰が作っていると思ってんだよ!!）

庶民と同じでは示しがつかないから、貴族街に魔石を使用した上水道的な物を国から完備?!

（――使用人がするんだから井戸《いど》から汲《く》めばいいじゃん！）

貴族街の軍務団の警備が市井《しせい》の２倍?!

（――家お抱えの護衛がいるじゃん!!）

貴族だから庶民より偉《えら》い?!

(――ちゃんと仕事して言ってんの!!)
突っ込みで喉《のど》がつぶれそうでした。王都の貴族選民意識が半端《はんぱ》ないです。
しかも、庶民達《しよみんたち》はそれが当たり前だと思っているし。
流されて自己保身だけの王都民も、
選民意識の塊《かたまり》の貴族も、
――なにそれ美味《おい》しいの?!

会議開始から3週間目、外出禁止令が発動されました。

次回への対策を粗方《あらかた》練り終わった後の最終確認の前に、ついに父と兄が動いたようです。

いつもは、1週間目は、各国からの報告とまとめ。次回への対策の発案。

2週間目は、次回への対策のまとめ。最終確認。

3週間目には、ほぼ帰れるそうです。

今回は我が国の不手際《ふてぎわ》が目立ち、次回への対策のまとめが遅々《ちち》として進まず、3週間目に突入《とつにゆう》する事になったそうです。

そして兄から、3週間目の始めに議題を出《だ》すことを聞かされました。

なので、邸宅から外出をしないように言われました。

ってか、父は初日から1度も帰ってないのですが。

不手際って何？　とキョトンとしていたら、ニヤリとして兄が教えてくれました。

『父上は各国の代表の方々のお世話をしているんだ』

『うちの国の人、ほぼ特務団に任せっきりだから』

『王族からの質問は王族が答えなきゃいけないだろう？』

つまり、各国とも「マルナ領地の議題」が気になり代表の方々が父と話がしたいと。

ついでに、会議中に質問に答えられる人が限定されていると。しかも、自国内の事を国王が答えられないと。余計に、各国とも父と話がしたいと。

うん、悪循環《あくじゅんかん》だな。父、引っ張りだこだ。こりゃ帰れないわ。

きっと中にはモンスタービート関連に答えられない我が国の人達《たち》に対して思うことがあるんじゃないでしょうかねえ。

兄も王城から帰れなくなって、はや1週間。すでに会議は4週間目に突入。

どうなってんだろ？

買い物は別段困らないしいいんだけど、進展具合が気になります。

しかし、外出禁止令が出ているので、王城まで訊《き》きに行くわけにもいかず、のほほんと邸宅で過ごしていたのに、

――――なぜか王城に呼ばれました。

うん、こんな小娘《こむすめ》を王城に呼ぶってどういうこと？

しかも、キラキラな迎《むか》えの馬車を寄越《よこ》されて、すぐに出発するって言っているけど、普《ふ》通《つう》は約束を取り付けてからだよね？

こっちの準備も考慮《こうりょ》しないと失礼だよね？

は？　ちょっと引きずらないでくれる？

前もってのお触《ふ》れも出さず、いきなり王城からの使者がやって来て、すぐに王城に来いってわめき散らしています。しかも、名前を名乗らずに!!

執事《しつじ》も王城からの使者としか言ってないし。

横暴な男性の後ろには文官らしき人が控《ひか》えめに立っているけど、止めないのかな。

チラッと視線を投げかけると下を向かれました。ああ、止められないんですね。

うちの護衛が横暴な男性を取り押《と》さえようとして、余計に喚《わめ》かれています。

うるさいなー。

「恐《おそ》れ入《い》りますが、どなた様でいらっしゃいますでしょうか？　王城からの使者と偽《いつわ》りをおっしゃっているとは思いませんが、確証もありませんのでまずは証明していただけますか？」

引っ張られた袖《そで》を侍女《じじょ》に直してもらいながら、横暴男に無表情で言ってみた。

護衛に怒鳴《どな》っていた男性は、今度は私に向かって怒鳴り出した。

「お前は、王城からの使者をこのように扱う※＄＊◇％￥＄………」

うん、マジでうるさいわ。

執事も愉快な仲間たちも顔が般若《はんにゃ》になってますけど。礼儀《れいぎ》知らずなのはどっちだ。

10才の子供を王城に連れていくだけだから、手順はどうでもいいと思ってんのか？

10才だから、舐《な》めてんのか？

よし、木っ端《こっぱ》にして差し上げよう。

こんな大人が世の中にはびこる方が危ないもんね。

「本来、マナーとして招待する側の手順は、早馬によるお触れ、もしくは手紙によるお誘《さそ》いをし、返事を待ってから使者もしくは手紙による招待状の配布、という流れのはずです。私は、お触れもお手紙も頂いておりません。そして、あなた様から招待状すら渡されていません。ですから、王城からの使者を騙《かた》った誘拐ということになりますが」

目に力を入れ口元を引き上げて、一応微笑しているように見せているけど、怖《こわ》かったようだ。横暴男は顔をひきつらせて固まった。文官らしき人もびくりと体が震えていた。

執事や愉快な仲間たちも私と同じような表情をして、来客2名を睨《にら》んでいます。

さあ、どっちが悪いのかな？

「ああ、ちょうどこの前手に入れた音声レコーダーを試《ため》しに使っていたので、今の出来事が録音されていますよ。貴方様《あなたさま》が名乗りをしていないことも、お連れの方が止めていらっしゃらなかったことも。私を引きずって連れ去ろうとしていたことも」

「そうですね。王城からの使者がマナーを知らないなんてあり得ないことです。きっと誘《ゆう》拐犯《かいはん》なのでしょう。10才であるレミー様ですら知っていることを、このような大人が知らないはずがありません。衛兵を呼びましょう」

目からビームが出そうなほど横暴男を睨んでいたニールが、低い声でノッテきた。

視線を向けると、お嬢様《じょうさま》もっと殺っちゃってくださいと黒い笑みを返された。

おぅ、ニールがめっちゃ怒ってる。

「衛兵ではまどろっこしいから、王城の警備の方を呼んでくれる？」

「さすがはレミー様です。本当に王城の使者なのか一発でわかりますし、この方々を寄越された方も解《わか》りますね」

「そうなの。誘拐を企《くわだ》てるなんて恐ろしい方々を野放しにしておく方が危ないもの」

「もちろんです。しっかりと調べていただきましょう」

私とニールが言葉を発するほど来客2名の男達は顔が青ざめていく。

自業自得《じごうじとく》でしょ。

たぶん2人とも貴族だと思うけど、私も貴族だ。しかも、辺境伯爵令嬢だし。身分はどっちが上かな。

貴族の権力を振りかざすならそれなりの義務を背負《せお》わないとね。

執事と家の護衛に音声レコーダーを持たせて、王城へと送り出した。

来客2名は、一応失礼にならないようにソファーに座らせてはいるが、護衛に両腕《りょううで》を押《お》さえさせ捕《と》らえられている風にしときました。

そんなつもりはなかったとか、申し訳なかったとか、大声で私に言っていますが、知らんぷり。だって、使者の確認《かくにん》が取れていないもの。ただの不審者《ふしんしゃ》だよ不審者。この2人。

「こんなのが王都の貴族なのかな？　終わっているんじゃない？」

「そうですね」

「腕《うで》は大丈夫でした？」

侍女に入れてもらったお茶をニールとスーさんと一緒《いっしょ》に飲みながら、雑談して執事と護衛が帰ってくるのを待ってました。

人目があるので、愉快な仲間の＋4とジョンは身分的に一緒にお茶出来ない。

ジョンと護衛は不審者に、侍女と従者は私たちのテーブルについてもらっていました。

1時間後、執事と護衛が、宰相補佐官《さいしょうほさかん》を連れて帰ってきました。

ウンヌンカンヌンと非礼を詫《わ》びた宰相補佐官に、ちょっと聞いてみました。

「この不審者のような振《ふ》る舞《ま》いをなさった方々の上司でいらっしゃいますか?」

宰相補佐官の笑顔がピキッと固まりました。

話を聞くと、違《ちが》ったようです。この不審者の所属は軍務団とのこと。コイツらと一緒にされたくねぇ!! という気迫《きはく》に満ちたお返事を頂きました。

そうですよねー。10才児でも解ることが、理解できてない大人に見られるなんて屈辱《くつじょく》ですよねー。

「大変ご迷惑《めいわく》をお掛《か》けして申し訳ございませんでした。これより、王城へとお越《こ》しいただけますか?」

「承知いたしました。ですが、どのような用件で呼ばれたのかも解りませんし、お父様に相談したいです。大人が居ないと怖いので、ここにいる私付きの護衛や臣下を一緒に連れていってもよろしいですか?」

心細そうに、眉《まゆ》を下げて幼い表情を押《お》し出してみたらあっさりオーケー頂きました。

ってか、「大丈夫ですよ」なんて言えんわな。あんな不審者を使者に出す人が王城に居ますよーって言ってるようなもんだし。

ドレスは執事たちが王城に行っている間に着替《きが》えときました。

何があるかわからないので、ついでに臨戦態勢を整えるべく、愉快な仲間たち皆に仕込みもしといたし、大丈夫でしょう。

いざ、出陣《しゅつじん》!!

王城に着くと控《ひか》え室《しつ》らしき所へ一旦《いったん》連れてこられた。私の参城報告をしてくるんだと。

普通なら居るはずの部屋つきの侍女が居ないので、お茶をどうするか従者から相談されていると、ノックもせずに金茶色の髪《かみ》で紅《くれない》の瞳《ひとみ》をした男の子が入ってきた。ソファーに座《すわ》っている私をジロジロと頭の天辺《てっぺん》から足の爪先《つまさき》まで見た後、

「お前が婚約者《こんやくしゃ》か……ぼくの足を引っ張らないようにしろよ。フンッ」

と、呆《あき》れた表情で鼻笑いし、蔑《さげす》むような目をして嫌《いや》みったらしく捨《す》て台詞《ぜりふ》を吐《は》いて、出ていった。

(――――はぁ～あぁぁぁぁ～?!!!!!　てめぇ誰《だれ》だよ!!!　婚約《こんやく》なんてしてねぇよ!!!　なに上から目線なんだよ!!!!)

礼儀知らずで、周りが見えていない、理解力のない、自己中で傲慢《ごうまん》で馬鹿《ばか》なヤツが年上

なら、呆れて見下して蔑むくらいで何とか年齢《ねんれい》を理由に我慢《がまん》ができる。

が!!　同年代（記《き》憶《おく》持ちなのではっきりいって年下感覚だけど）に、

・ノックも挨拶《あいさつ》もしない礼儀知らずの行為。

・初対面で出来ないヤツと評価を下す偏見《へんけん》たっぷりの思考。

・上から目線で物を言う傲慢。

・人の話も都合も聞かず自分の事だけを優先する自己中。

・自分の行いがさも当然という根拠《こんきょ》のない自信にあふれた言動。

をされた瞬間《しゅんかん》の癪《しゃく》に障《さわ》るイラッときた衝撃《しょうげき》、略して「イラッと衝撃」は、屈辱感と怒りで全身から火が吹《ふ》き出しそうなくらい凄《すさ》まじかった!!

怒鳴り散らしながら、部屋にある調度品を手当《てあ》たり次第《しだい》投げ壊《こわ》し、部屋自体をいや、王城を魔法でぶっ壊しそうなぐらいの怒りで身体が埋《う》め尽《つ》くされた。

しかし、ここは王城の一室。目を瞑《つぶ》って手を握りしめ、衝撃に耐《た》えた。

（――――足を掬《すく》われる言動は控えておかなければ……）

少し息が荒くなったがなんとか落ち着いたので目を開けると、愉快な仲間たちの顔が一《いっ》切《さい》の感情を抑《おさ》え込むために、無表情に。こえぇ。

そんなことが起こったすぐ後に、モンスタービートの会議が行われている部屋に連れていかれたのはいいんですが、こんなにも各国の重要人物がいる場所に、10才の小娘を来させるのは何なんでしょう。

ってか、父と相談させろって言ったよね！　私！

どういうことだ！　と内心怒《いか》りで爆発《ばくはつ》しそうでしたが、他国の皆様《みなさま》に失礼があっては、父と兄の顔に泥《どろ》を塗《ぬ》ってしまうので、何とか心を落ち着けて、ご挨拶いたしました。

自己紹介《しょうかい》・挨拶が終わった後にゴアナ国王から言われたことは、モンスタービートに全く関係のない話だと思いますが。

「我が国《くに》の王子とそなたとの婚約を決定した」

(――――さっきのか……チッ)

アホ王子から受けたイラッと衝撃が甦《よみがえ》りそうになり、どういうつもりで言っているのか国王の顔を見てみると、隈《くま》ができ青白かった。

隣《となり》の宰相《さいしょう》も同じくやつれて疲《つか》れ果《は》てていた。

父と兄は大変怒《おこ》ってらっしゃるようで、国王と宰相を視線で殺さんばかりの威圧《いあつ》がダダモレでした。

各国の皆様からも不穏《ふおん》な空気がしています。

ええ、私もあんな凄まじいイラッと衝撃を受けましたもの。それに、この意味不明な状況にも腹が立っています。お返しをしなければ。

木っ端《こっぱ》にしてもいいかな？　と父と兄に目配せをすると、２人揃《そろ》って殺《や》れと顎《あご》をしゃくられました。

「恐れ入りますが、発言を許可していただけますでしょうか？」

（――――どんだけ父と兄を怒らせたんだ?!）

辺境伯爵令嬢として恥ずかしくないマナーを忘れず、理詰《りづ》めで撃沈《げきちん》させていただきましょう。

「うむ」

「このように偉い方々や沢山の大人の方々に囲まれての発言は初めてですし、なにぶん10才ですので、失礼な表現や振る舞いがあってもお許しいただきたく皆様にお願い申し上げます」

令嬢《れいじょう》として会議机に座っている方々や国王たちに頭を下げ、それぞれに頷きをもらい許しを得た。

よっしゃ!!　許可はもらったぞ!!

私の後ろで礼を取り続けているうちの愉快な仲間たちが、ヒンヤリと微笑《ほほえ》んでる雰囲気がする。皆も怒ってるな。殺っちゃってください的な応援《おうえん》が聞こえてくる気がする。

「では、発言させていただきます。何の理由があっての婚約でしょうか？　いきなり王城へと参上命令を受け、ご説明頂けないままこの会議場へ連れて来られました。しかも、1回目の王城の使者と名乗る方には、引きずられて連れ去られそうになりました。すぐに家人が対応し2回目の使者の方がいらっしゃり、王城へと参上しましたが、何のための参上か未《いま》だに説明を受けておりません。それに、お父様に相談させていただきたい旨《むね》も申し上げておりましたのに、その時間もなくこちらへと案内されました。まさかモンスタービート会議をされている部屋だと思いませんでしたし、なぜ私の婚約のご命令がこの会場でなされているのでしょうか。父や兄と話をする機会ももらえず、なぜか直接国王様からご命令され、大変混乱しております」

（いきなり有無《うむ》を言わさず連行されそうになったよ。来てみたら何の説明も受けず会場に放《ほう》り出されたよ。モンスタービートの話をしてる会場だからなにかしら関連性があるの？　婚約って父と兄は知っていて、了承《りょうしょう》してるの？　有無を言わさず私を従えるための場なの？　王様からの命令ってことは一連の出来事も王様の命令なの？）

ということをバラしてみた。

会場は静まり返り、各国の代表者たちは揃って私をガン見してるし、国王と宰相はまさか、疑問をぶつけられるとは思わなかったのか、冷《ひ》や汗《あせ》を流している。

1回目の使者を出した軍務団団長は、部下の失態をバラされた屈辱にきっと顔が赤くなってるだろうな。

ざまあ。

あ、父の隣《となり》の人がすんげぇ真っ赤になってる。壁際《かべぎわ》にいる貴族もざわざわしてるな。

「恐れ入りますが、10才である私に理解できるよう1つずつご説明頂けませんか？」

（あんたらが呼び出したんだ。10才児がおかしいと解るのに、あんたらが解らないなんて言わないよね?!　説明しろ!!）

首を傾《かし》げて国王と宰相を見てみる。

逃《に》がしゃしないよーと目を細めると冷や汗が滝《たき》のようになってきた。

これ、完全に父と兄を出し抜《ぬ》いて私に直接返事をさせることで『決まったことだから変《へん》更《こう》出来ません』みたいな流れにしようとしてたんじゃないかな？

しかも、条件や目的なんかの、婚約を通しての契約《けいやく》内容を確認させずに、自分達の都合のいいように事を運ぼうとしたんじゃなかろうか。

父と兄がいくら反論を述べようと「当の本人が返事をしたから」って。

他国の人は後から意見を述べると内政干渉《ないせいかんしょう》となるから言えないもんね、きっと。

じゃあ、各国の目があって意見交換《こうかん》もできる今、はっきりと答えてもらいましょう。

実は、兄から提案される議題の内容、私知ってるんだよね。

だって、折れ線グラフや円グラフ、棒グラフを駆使《くし》して資料を作ったのは、何《なに》を隠《かく》そう私だもんね。

　会議の内容は知らないけど、マルナ領からの要求は全部知ってるんだよ！

（――ってか、何で私が素直《すなお》に「うん」と返事するって思うかな?!）

「では、１つ目の疑問として、なぜ1回目の王城の使者の方はあのような行動を取られたのでしょうか？　王都の教育なのでしょうか？」

（うちの家が見下されていますけど、貴族や王城の使用人の教育、ちゃんと出来てんの?!）

「２つ目の疑問は、今、どういう現状なのでしょうか？　ご説明いただかないままの参城ですので、どのような理由・状況《じょうきょう》でこの場に私が呼ばれたのか教えていただきたいです」

（参城理由・現状・状況を説明しろ!!）

「３つ目の疑問は、なぜ婚約について父から説明がないのでしょうか？　家同士の確認はもちろんですが、当人への確認も一応されるものだと勉強いたしました。理由・目的・義務を当人がしっかりと把握《はあく》するために大切であると」

（父に言わずに、あんたらが勝手に言い出したことじゃないの?!　父をかやの外にして、私を丸め込もうとしてんじゃないの?!）

「4つ目の疑問は、辺境伯爵領ではモンスタービートに巻き込まれる可能性があるので成人までは婚約はしないのが通例ですが、なぜ10才であるのに婚約なのでしょうか？」

（これって私が死ぬかもしれない可能性を考えての婚約なの?! 通例を破るほどの理由をあげろ!!）

「5つ目の疑問は、なぜ私の婚約なのでしょうか？ 年齢的《ねんれいてき》に兄の方が先なのではないでしょうか？」

（そもそも婚約適齢期《こんやくてきれいき》の人を差し置いて10才児を婚約させようなんざぁ、なんか後ろめたいことがあるって言ってるよね?!）

「6つ目の疑問は、何の理由・目的・義務があってこの婚約が決まったのでしょうか？」

（何のためにどういう理由でどんな義務があって婚約なんて言ってるのか説明しろ!!）

「7つ目の疑問は、王子とおっしゃいましたが、どの王子様でしょうか？」

（居もしない王子と婚約させないよね？ 理由・目的・義務によっちゃあ、それ相応の王子とじゃないと釣《つ》り合《あ》わないけど?!）

「8つ目の疑問は、本来婚約は当主から伝えられるはずですが、なぜ国王様からの直接的なご命令なのでしょうか？」

（国王の権力を振りかざして脅迫《きょうはく》してんのか?!）

「9つ目は、我《わ》が領地は200年前から治外法権が認められております。なぜ相談もしくは了承を得る形ではなく、ご命令なのでしょうか？」

（そもそもあんたらの命令に従わなくてもいいんですが?!）

「最後に、我が邸宅から婚約のご命令までに私の身に起こっている一連の出来事は、全て国王様のご命令によるものでよろしかったですか？」

（国を挙げてこのふざけた態度とってんだな?!）

と、副音声バッチリに1つずつ指を折りながら、可愛《かわい》く首を傾《かし》げて尋《たず》ねてみた。

（――――さっきのガキ含め、てめぇら覚悟《かくご》しろよ!!）

会議場は静まり返った。

国王・宰相は真っ青になり、貴族たちは10才の子供がここまで物怖《ものお》じせずに意見を述べたことに驚き固まっていた。

父と兄は、さすがレミーと満面の笑《え》みで頷《うなず》いていた。目は笑ってなかったけど。

各国の皆様は、目を丸くし驚嘆《きょうたん》された後、よくぞ言ったと温かな視線をされた。

……あれ？　誉《ほ》められてるの？　他国の人に？

私の態度が頭に来たのか、真っ赤な顔をした軍服を着ているガッチリ体型の男が怒鳴り付けてきた。

「国王に対してなんという失礼な態度。不敬罪にあたるぞ!!」

なにこのばか。先に許可得たんだけど。

白けた目をして、微笑《びしょう》を崩《くず》さずに、ばか男に顔を向けた。

「恐れ入りますが、マルナ領では社交に出席するのは成人になってからになりますので、貴方様がどなたか存じませんが、会議机に着席されている各国の皆様はもちろんのこと、国王様・宰相様にも、失礼があっても許可する旨を一番初めにいただきましたが、何を失礼だとおっしゃるのですか？」

（あんた誰？　許可もらってるけど？　話聞いてんの？）

「そのた」

「何も失礼なことはしておらぬよ」

ばか男が何かを言いかけた時、白い立派なお髭《ひげ》を蓄《たくわ》えたおじいちゃんがぴしゃりと言い切った。

おじいちゃんの眼威《がんい》に負け、ばか男は目を血走らせて黙《だま》った。

そのばか男の言動に、フンッと嘲《あざけ》るような鼻息が、各国から聞こえてくる。

で、一体何なんですかね？　婚約なんて。

「では、1つ目の疑問にお答えいただけますか？　2回目の使者の方が、軍務団に所属し

ている人だとおっしゃいましたが」

国王も宰相も答えないまま、ばか男の方を向いている。

あれ？　この人が軍務団団長なの？

マジか。こんなのが?!　と呆《あき》れていると、さっきの白い立派な髭を蓄えたおじいちゃんが厳しい口調で喋《しゃべ》りだした。

「ゴアナ国王並びに宰相殿《さいしょうどの》、果てはこの国の貴族の方々よ。これが最後の議題・意見への返答なのじゃな。我々他国の者は、一切内容を知らされておらぬし、今日この場で返答するからと待っておったが、このようなこととは…………。呆れて物が言えぬわ」

どうしようもないゴミを見るかのような眼差《まなざ》しで、ゴアナ国の人達を見回すおじいちゃん。

ん？　議題・意見への返答？

あれ？　支払《しはら》いは？

貴族の討伐《とうばつ》部隊参加は？

まさか、婚約がゴアナ国からマルナ領への返答なのか?!

なにそれ!!

支払いに対する返事は?!

討伐部隊参加の返事は？！！

治外法権は？！！！

婚約の契約内容も言わずに、『王族に入れてやるから黙れ』っていう上から目線の、反省も後悔《こうかい》も謝罪もない傲慢な態度にしか見えませんけど!!

婚約の契約内容を発表して、父に了承を得て、各国からの理解も得ているなら、おじいちゃんがこんな態度を取るはずがないな。

誰だよこんなやり方提案したヤツ。

目に怒りの焔《ほのお》を灯《とも》して黙っていると、おじいちゃんがほっこりする笑顔《えがお》で私の方に向いた。

「はじめましてじゃの。ワシはホザ王国の代表の者じゃ。10才にしては大変聡明《そうめい》な頭脳の持ち主じゃな。この会議の議長をしておる。要は、進行役じゃ」

優《やさ》しそうなおじいちゃんだなと思いながら、頭を下げて腰《こし》を落とし、ドレスの端《はし》を少し持ち上げ、令嬢としての礼を取った。

「はじめまして。マルナ領主バルフェ辺境伯爵《はくしゃく》の娘《むすめ》、レミーナと申します」

おじいちゃんも各国の皆様も「うむ」と頷いて礼を返して下さった。

おい、そういえば、うちの国王は挨拶に挨拶を返さなかったな？

もう、マジでこの国、マナー教育からやり直した方がいいんじゃないの？

「さて、モンスタービート会議の続きを再開する。バルフェ家令嬢に椅子《いす》を。暫《しばら》く、話を聞いていてくれぬかの？」

私の椅子をもらいましたが、愉快な仲間たちには？

あ、身分的に出せない？　しょうがないのか。

ん？　みんないいの？　ごめんね。

ってか、私の扱《あつか》いって何なのさ。まあ、座れと言われたから座るけど。

「では、ゴアナ国王よ、議題の返答がただの婚約とはどういうことですかの？　マルナ領地代表者から5つの案が出されたはずじゃ。その案に対する具体的な返答が1つもないとは、ゴアナ国は1週間前の会議をキチンと聞かれておったのか？」

おじいちゃんが、国王に説教を始めました。

うん、目力が凄《すご》い。このバカが!!　と孫を叱《しか》るような感じにしか見えません。

どうしよう、笑いそう。

「各国の代表者が、マルナ領地の意見を是《ぜ》としたのじゃ。契約《けいやく》を違反《いはん》し続けているゴアナ国は、マルナ領地代表者が出した5つの案全《すべ》てを受け入れ、現状と照らし合わせて具体的にどのように対応するか返答をせねばならぬ。そこへ、何の説明も受けてない、治外法権が認められている――要は他国の少女を無理矢理《むりやり》呼びつけ、自国の王子と婚約しろと命令するとは、どういうつもりかと聞いておるのじゃ！　ワシには、幼い少女を使って具体的な返答を避《さ》け、うやむやにしようとしているとしか思えんのじゃがな。このような誠意のない態度は各国に悪い印象しか持たれぬわ」

「そうですな。イラルド国もそのように思います。先週の会議後から、マルナ領地は、『国』として扱われる事が決定しております。議会で決定した事項《じこう》を理解出来ていない上に、1週間も会議を中断して話し合った結果がこのような事とは、頭がどうかしているとしか思えませんな！」

「ラハト帝国《ていこく》も、ゴアナ国の皆様から、議題の5つの案への具体的返答と、言い出した婚約の理由・契約内容、そして、バルフェ家令嬢のご質問への回答をお聞きしたい」

イラルド国のおじさんは怒って、ラハト帝国のおじさんは冷ややかに、ゴアナ国側を見て言った。

各国の皆様、どうやらマルナ領地から出した議題の言い分が正しいと判断している様子だね。

確かに、マルナ領地の現状って、おかしい状態だもんね。

『よくぞここまで耐えた。マルナ領地』とか『よくぞここまで勘違《かんちが》いした。ゴアナ国』とか思うもん。

　さあて、各国から追求されてますから、早く答えてくれませんかね。

　ゴアナ国のみ・な・さ・ま。

「まずは、マルナ領地からの議題じゃ。1つ目の『正当な対価及《およ》び削《けず》った領地代金の支払い』についての具体的施行《しこう》策の返答を」

　議長のおじいちゃんも、各国の代表の皆《みな》さんもゴアナ国側の面々をじっくりと見回して返答を待っている。

　これで答えなかったら、1週間もの間、何を話し合ったんじゃい!! っておじいちゃんに怒られるでしょう。きっと。

「………」

　はあ?! 答えないの?! えっ、マジで?!

　うやむやにするための策を練って、練って、練って、婚約にたどり着くまでに1週間ってこと?!!

　いや、そんなことはないよね?

　他国の目があるんだから、せめて検討したように見えるように、なにかしら資料を作ってるよね?

せめて、支払わないといけない金額のおよその概算《がいさん》とか。

「返答されないのかの？　では。ゴアナ国が会議をされていた間、マルナ領地とそれ以外の国々で、別々に概算を出した。ゴアナ国ももちろんありますな？　なければこの2部をもとに検討して具体的施策《しさく》を決めていただく」

「………ありります」

何ですぐに資料を提出しないんだろう？

計算してみたら余りの高額に戦慄《おのの》いたんだろうか？

出し惜《お》しみすればするほど、外聞が悪いって気付かないのかね。

3つの資料を映写機3台使って、並べて映し出し検討が始まった。他国の資料が一番高く、ゴアナ国の資料が一番低い。

つうか、この話し合いって、私いらなくね？

たぶん今日で終わんないと思うんだけど。

退屈《たいくつ》してるって顔も仕草も出来ないし、どうしよう…………まじ、ひま。

30分後、見事決着がついた。

他国の資料とマルナ領地の資料は、ほとんど概算が似ていた。

違いは、切り取った領地の代金と『恩返し』の部分。

マルナ領地の概算は、『恩返し』を加算していなかった。

それに比べ、ゴアナ国の概算は全体的に低く見積もり過ぎていた。

議長のおじいちゃんや他国の人にやり込められて、ほぼマルナ領地の出した概算で決まった。

それを1年の内に4回に分けて支払うことに。

その場には、他3大国が交代で立ち会うとのこと。

どんだけ信用がないんだゴアナ国。

「では、２つ目の『領民の討伐参加』についてじゃ。マルナ領地からの意見では　支払いが終われば参加ということじゃが、そもそもゴアナ国以外の国々では、――――」

領民の戦闘力《せんとうりょく》に頼《たよ》ること自体がおかしいと指摘《してき》され、討伐参加はそもそもしなくて良いと決まった。

国お抱《かか》えの「騎士《きし》総団」という戦闘《せんとう》軍団がいるにも拘《かかわ》らず、特務団以外がほとんど参加してない事がまずおかしいよね。って感じで、サクッと終わった。

前衛が欲《ほ》しいなら、自分の領地民を連れて行けって。

「領民に前衛をしてもらわないと生き残れないとは騎士が弱い証明だ」と、ディスられてたよ。

うん、そう思う。

「3つ目は、『魔物討伐及《まものとうばつおよ》びモンスタービート討伐への貴族の参加』についてじゃな。ゴアナ国は、何か考えてきたかの？　3大国からもそれぞれ案が出ておる」

「我が国の話し合いでは――――――――」

ゴアナ国の言いわ……見解によると、危険で負担が大き過ぎる、こんなに回数こなさなくてもいいんじゃない？　とのこと。

おじいちゃん、コメカミをぴくりとさせながら、他国の貴族の参加具合を引き合いに出し、言い訳を一蹴《いっしゅう》。

貴族にモンスタービートの脅威《きょうい》を知らしめる意味がある事などを挙げ、なんなら一番キツそうなホザ王国と同じにするか？　と脅……説教して、ほぼマルナ領地の意見で決定。

ただ、いくつか条件が足された。

年に3回の魔物討伐《まものとうばつ》は、「成人以上60才以下」で61以上は相談。

モンスタービートに毎回参加させる「上位貴族一家に1人」は、当主から血の繋《つな》がった1親等（親60才以下・子成人以上）迄《まで》で続けて同じ人物の参加はなしと。

計画予定が立てられ次第《しだい》か、2ケ月《かげつ》後までには実施《じっし》を開始することに。

「4つ目は、『貴族参加施策無しの場合』じゃったな。これは、どうしようかのう。マルナ領地代表者どの……」

「それでは、参加しない貴族が出るなどの、契約を破った場合として――――

――」

約束を守るかどうか怪《あや》しいので、違反の基準、違反者《いはんしゃ》への罰《ばつ》、違反後のマルナ領地の対応、として検討されたもよう。

違反するって思われているゴアナ国って。

他国からの信用が地に落ちたな。

ちなみに違反の基準は、「1回でも不参加」。

ゴアナ国側がごねたが、「都合がつくように予定を組めばいい」の一言で終わった。

余りにごねたので、違反者への罰は、「『一家』で1年間魔物討伐&次回モンスタービート討伐絶対参加」に。家族の連帯責任になりました。

マルナ領地の対応は、違反者の量やゴアナ国の対応・態度により「他国に所属か、売却《ばいきゃく》か」その時に決める、となったようです。

「5つ目は、『治外法権の行使』じゃな。これは、すでに1週間前から発動しておる。各国が認めたのじゃ。ゴアナ国は、解らんのかのう？」

おじいちゃん、「理解力の無さ」や「議会決定事項の軽い扱い」について　コンコンと説教し、そのまま続けて「治外法権」の意味を説明し、懇切丁寧《こんせつていねい》にマルナ領地への接し方を教えています。

外交を担《にな》う国王や宰相からすると、すでに知っている事だろうからありがた迷惑《めいわく》に違いない。

それをニコニコと親切で教えている風を装《よそお》って、みっちりと教育しているおじいちゃん、素敵《すてき》です。

国王と宰相、ザックザック自尊心を削られてるんじゃないかなぁ。

マルナ領地は「暫定的独立領地《ざんていてきどくりつりょうち》」となり、ゴアナ国以外のモンスタービート条約締結国《ていけつこく》が後見になるらしい。

「国」扱いなので、国境・出入国・輸出入などについて各国と交渉《こうしょう》による国交契約をしないといけないみたい。

ただ「領地」なので「国王」はいない。代わりに「代表者」が国交上「王」と同じ扱いになるとのこと。

でも、「暫定的」で、次回のモンスタービート後にどの国の領地になるか決定されるので、それまで爵位・身分はそのままだそうだ。

…………あ、特務団ってどういう扱いになるんだろう？

団長の父はマルナ領地の領主だから「王」みたいな扱い？

でも、他国の「王」が、ゴアナ国の「騎士総団《きしそうだん》」に所属するって可能なのかな？

父を見て首を傾げているとおじいちゃんがそれに気付いたようで、どうしたのか尋《たず》ねてくれた。

思いきって質問してみると、各国もどうするのか気になるようで、父に注目が集まった。

父曰《いわ》く、「これからゴアナ国と交渉」とのこと。

「マルナ領主がゴアナ国に仕えることはない。退職金もらって辞職する」と言い切った。

特務団の仕事内容を引《ひ》き継《つ》いだ「特務部隊」をマルナ領地で作り「ゴアナ国から委託《いたく》管理」の形を取るか、ゴアナ国内の魔物討伐はゴアナ国で責任を持って管理させ「モンスタ－ビート討伐に関してのみマルナ領地に委託管理」するか、という案が出ているとの事。

各国から満場一致《まんじょういっち》で「特務部隊に全権委託管理」と声が揃《そろ》い、ゴアナ国への不信感からその場で決定。ついでだからと、委託管理料も各国の話し合いで決まった。

ふむ、モンスタービート及び魔物討伐に関しては、ゴアナ国よりマルナ領地の権力が上位という決定がくだされたのか。

国交契約については、各国とマルナ領地ではすでに締結《ていけつ》済みだが、後程《のちほど》ゴアナ国とマルナ領地で国交会議を開き、外交面（関税・国境警備など）と一緒に貴族の魔物討伐参加などの管理方法や討伐遠征《とうばつえんせい》中の注意事項などを検討するよう注意がされた。

魔物討伐もモンスタービートに関係しているため、各国に報告が必要な事項であると、ゴアナ国王や宰相に向かって説明がなされていた。

「さて案件検討　終了《しゅうりょう》じゃが、各国からゴアナ国に抗議文書《こうぎぶんしょ》が提出されておる。1つ、条約違反。1つ、条約解釈《かいしゃく》の歪曲《わいきょく》。1つ、条約に関する国交的優遇措置《ゆうぐうそち》の違反享受《いはんきょうじゅ》。1つ、マルナ領地からの不当な搾取《さくしゅ》。1つ、モンスタービート及び条約に関する教育の低迷《ていめい》。以上、5件じゃ。全て正式な抗議文であり、条約違反に関しては、他国に賠償金《ばいしょうきん》が発生。その賠償金の詳細《しょうさい》はこの資料じゃ。会議終了後に各国と個別に話し合うこと。どの国も、おそらくマルナ領地への支払いを優先するよう言うじゃろう」

おじいちゃん、抗議文書を一冊ずつ机にバンッと置きながらゴアナ国側の面々を睨《にら》み付《つ》けている。

相当頭にきてるんだろうな。顔は笑ってるけど、瞳孔《どうこう》が開いてるし。

後から聞いた話だと、賠償金会合――笑える――でどの国もゴアナ国陣営《じんえい》にコンコンと説教をかまし、次回モンスタービート後まで、国交的優遇措置は「マルナ領地限定」にすると言ったらしい。

進行役のおじいちゃん、サクサク話を進めているから思ったよりも時間がかかっていません。

　できる大人って素晴《すば》らしい。

「では、これでマルナ領地からの議題を解決とする。次に、この会議の一番初めにゴアナ国が行った事について釈明《しゃくめい》を求める」

（──きた～～～～～！！！）

　おじいちゃんは、私の顔を見てから、ゴアナ国王の方へ向き直り先程《さきほど》より重低音を響《ひび》かせて話し始めた。

「各国の代表者が集まっている国際的な会議で、一切の詳細を明かさず、議題の返答として『他国の少女に国王様が直接婚約命令を出す』という現場を見せたのは、どういう理由があり、どういう婚約契約《こんやくけいやく》内容じゃったのか、説明いただこう」

　おじいちゃん曰《いわ》く、

・各国に一切の詳細無し　↓　具体的返答の回避《かいひ》
・具体的返答の発言無し　↓　国際議会・各国への侮蔑《ぶべつ》
・幼い少女を会議に呼ぶ　↓　常識を疑う
・他国の少女を呼びつける　↓　国際犯罪
・ほぼ強制的に連れてくる　↓　拉致《らち》

・幼い少女に何の説明もしていない　→　誘導行為《ゆうどうこうい》
・他国王からの直接命令　→　政治的干渉《かんしょう》
・ゴアナ国側の行動全て　→　国際犯罪&極《きわ》めて不誠実で信用の失墜《しっつい》

とのこと。ゴアナ国王・宰相は顔が土色になって、ガタガタ震《ふる》えて何も喋ろうとしない。

というか、何も言えないのだろう。

これで解決すると思ってとった行動が、国際犯罪。

しかも、会議出席国全てが証人で、国の国際的信用失墜。

壁際に座っている貴族の方々もようやく自分達《たち》の国がやらかした現状が理解できたのか、顔面蒼白者《そうはく》や土色顔になっている人が沢山《たくさん》。

その中で、軍務団団長と一部の貴族が赤い顔をしているのがチラチラと見えるのは気のせいかしら？

そもそも、条約違反が判明後、即座《そくざ》に土下座でも何でもして各国に謝罪すれば良かったのに。

一言もそういった事をせずに国としての対応が各国の前での国際犯罪。

うん、無能をさらけ出したって感じ。

おじいちゃんや他国の代表者が言及《げんきゅう》しているが、誰一人《だれひとり》として喋ろうとしない。

「沈黙《ちんもく》の時間が長いほど、誠実さが無いと判断されるがのぅ」

呆れ果てて困った様子のおじいちゃんに、兄が意見を述べたいと願い出た。

ブラックなオーラを背負《せお》って、ゴアナ国側の方々を軽蔑《けいべつ》の眼差しで見回して言った。

「家族に一言の許可もなくレミーナを連れてきた事、家族に一言も婚約契約内容を明言していない事、家族に一言も相談・許可なく婚約決定している事、家族に一言もなく直接レミーナに命令されている事。これらも一緒《いっしょ》にご説明下さい」

(――兄、爆薬《ばくやく》ブッこんだ！)

私もおじいちゃんもゴアナ国以外の各国の代表者達も、驚愕《きょうがく》のあまり一斉《いっせい》に兄と父へ顔を向けた。

そして、おじいちゃんをはじめ、各国の代表者達から軽蔑・侮蔑・嫌悪《けんお》の刺《さ》すような眼差しがゴアナ国側に向けられ、会場は極寒《ごっかん》の地と化した。

私を含《ふく》め各国の方々も、流石《さすが》に家族には婚約についてなにかしら言っているだろうと思っていた所への、まさかのゴアナ国の独断行動。

呆れ果てるのを通《とお》り越《こ》して、「人のものも自分のもの」的な発想が当たり前の「電波」なのかと、恐怖《きょうふ》さえ湧《わ》いてくる。関《かか》わりたくない。

そんな中、両手を握《にぎ》りしめ、体が小さく震えているおじさんがいた。

手から血が流れそうな程《ほど》きつく握られている手を会議机にバーンッと叩《たた》きつけ、眉《まゆ》を吊《つ》り上《あ》げ瞳孔が開いた顔をゴアナ国側に向け、震える声で言った。

「ゴアナ国は、質問に1つ残らず答えよ。取《と》り繕《つくろ》う答えでもよい。だが、その答えを我々他国が証人として聞いている事、答えた内容がゴアナ国の総意になる事を自覚して答えよ。ただでさえ、会議期間が延びておる。ここにいる各国の代表者達の時間を奪《うば》っておるのだ。時間を無駄《むだ》にするな。もし、答えないなら、客観的視点であなた方の言動から勝手に推測する」

体も声も震えていたのは、我を忘れそうな程の怒りに感情が爆発しそうになるのを抑えていたんでしょう。

他にも怒りのオーラを出している方や、兄に負けないくらいのブラックオーラを出している方もいて、会場は異様な雰囲気《ふんいき》に包まれた。

結局、ゴアナ国側は婚約《こんやく》の理由にも、契約内容にも、兄の質問にも、自分達から答えることはなかった。

怒りで震えていたおじさんが「私はこう考えますからね」と客観的根拠《こんきょ》を挙げた推測を即座にゴアナ国王に報告。

あまりの解釈には、国王も反応していたが、「訂正《ていせい》するなら客観的根拠を出せ」と追求《ついきゅう》し、最後の方は「はい→同意」「沈黙→同意と見なされる」「いいえ→（客観的根拠による訂正がなければ）同意と見なされる」の不文律が出来上がった。

おじさん曰く、

・婚約理由は、ゴアナ国を有利にするため。「マルナ領地とゴアナ国の差しで解決する」と他国に見せつつ、娘の言質《げんち》を取ることで父と兄に強気に出て、ゴアナ国の立場を上位に。王族の一員になる義務を振《ふ》りかざし、マルナ領地の現状に文句を言わせないようにし、各国にも口を挟《はさ》まれないようにしたかったと推測。

・契約内容は、ゴアナ国に都合の良いもの。娘の言質を理由に勝手に作り、ゴアナ国の都合の良いことばかりを並べ立てようとしていたと推測。

・家族に一言もなかったのは、阻止《そし》されるのを防ぐため。強制的に言質を取り、断れない状況にし、婚約を成立させようとしていたと推測。

だそうです。

上手《うま》くいくはずない要素ばかりが揃っていますが、ゴアナ国の方々はこれでなんとか凌《しの》ごうとしたようです。

ある意味スゲエ。

マルナ領地が「自国の辺鄙《へんぴ》なド田舎《いなか》のただの領地」という感覚と、「ゴアナ国の権力が

10個の質問の内8個は先程の質疑応答で解りました。ゴアナ国の皆様《みなさま》が、私を使って会議

「はい。恐《おそ》れ入《い》りますが、確認《かくにん》させてください。呼ばれた状況・目的、婚約の理由など、

椅子が高いんだよ。

確かに、この緊張《きんちょう》が張《は》り詰《つ》めた場で、1人で椅子から立てないって笑えるけど。

愉快《ゆかい》な仲間たちよ、目を逸《そ》らすな。

足が床《ゆか》に届いてなかったので、スーさんに手伝ってもらいましたが……。

おじいちゃんに「どうぞ」と目線をもらい、ゆっくりと椅子から立ち上がった。

(――――よしきた！　レミーナ、いっきまーす！)

「それでは最後に、バルフェ家令嬢の質問に答えてもらおうかの」

私としては、あのイラッと衝撃《しょうげき》の鬱憤《うっぷん》も晴らしたいし。

ここにいるのは　呼ばれたから来ただけだし。ついでになんで？　を質問したら、『座《すわ》って待て』された。

残り2つの質問にも答えてもらいたいなあ。

これで私がした、10の質問の内8個の答えも解《わか》った。

ついでに、私が「はい」と言わずに色々暴露《ばくろ》して質問したから丸潰《まるつぶ》れってところ？

上」という自信から実行したのかな？

で出された議題の返答をされようとしていたということで、お間違《まちが》いないですか？」

「うむ。そうじゃの」

「婚約内容を明かさず、各国の皆様の前で『婚約契約』という形で終わらせるために私が選ばれ、一連の対応をされたということでよろしかったでしょうか？」

「そういうことになるの」

会議での話し合いに私は参加資格がない。というか、この場に居ること自体がそもそもおかしい。だから、自分の状況にしか、意見や質問を言わなかった。

先だって話し合われた「マルナ領地の出した議題への返答」も、「婚約の理由・目的への返答」も、議題として話し合われた事なので、口を挟んではいけないのだ。

私はあくまでもイレギュラーで、この場に居合わせているだけだから。

服従誘導《ゆうどう》計画に突っ込みを入れたかったし、もっと言及したかったが、口を挟む資格はない。

ラハト帝国の方とおじいちゃんの援護《えんご》でこの場に居て、許可が出た今、やっと発言できるのだ。

だから、おじいちゃんに自分の質問に関することだけを確認したのだ。

しかも、確認した内容は会議で決定したことなので、私から言えることは何もない。

私が質問した内容は、ほとんどマルナ領地への返答に関わるものだったので当然のこと。

残りの2つの質問は、各国の皆さんからすると然程《さほど》重要ではないから、話し合われなかったのでしょう。

だからこそ、残り2つの質問を有効活用してみせましょう。

私に出来る事は、身に起こった事をバラし、その目的や理由を問うくらいしかない。

罪になるのか罰が必要なのかは、上の人が決める事。

私は、詳《くわ》しく事情を話すことで、罪や罰に問われる事かどうかの判断基準を提示しているだけ。

それで罪や罰になるなら、やった相手が悪いし。

まあ、風評被害《ひがい》は確実だと思うけど。

いきなり会議に巻き込まれて、色々と理不尽《りふじん》な事されて、私が怒《おこ》らないと思ったんですかね？

せめて気分だけでも晴らしたい！

特に、ヤツに返《かえ》り討《う》ちを！

「では、残りの2つの質問にお答えいただけますでしょうか？」

ゴアナ国王に体を向けた。

国王は、国の存続危機の状態に絶望感でいっぱいなのか、はたまた自分の未来に絶望感でいっぱいなのか、虚《うつ》ろな表情で目の焦点《しょうてん》が合っていなかった。

「先に、どの王子様との婚約だったのか教えていただけますでしょうか？」

「……第3王子だ」

「その方は、もしかして、金茶色の髪《かみ》で紅の瞳《ひとみ》をした私より少し身長の高い方でしょうか」

「……そうだが……」

なぜ容姿を知っているのか気になったのだろう、空虚《くうきょ》な瞳がこちらに向けられた。

どうやら、あの控《ひか》え室《しつ》での出来事は、第3王子とやらが勝手にしたことのようだ。

ってか、第3王子なんて、王族とはいえ影響力《えいきょうりょく》もあんまり無いだろうに。

せめて王太子とか第2王子とかにしとけよ。

明らかに、婚約による私側のメリットが無いじゃないか。

しかも、あんな事言うヤツだよ！　あんなモンいらん！

各国の方々も顔をしかめてるよ。

「この会場に通される前、控え室？　で待機しておりましたら、こんなことがありました。音声レコーダーに記録されたものです」

ネックレスに手を当てて、音声を流した。

この会場に入る前に、危険物の確認はされているし、証拠品《しょうこひん》として持ち込んだので、おとがめ無し。

＊＊＊＊＊＊＊＊＊＊＊＊＊＊＊

『参城の報告にいきますので、ここで少しお待ちください』

『パタン』

『ギシッギシッ』

『レミーナ様、お待ちの間、お茶を飲まれますか？　お茶セットをいただけるように、掛《か》け合って参ります』

『うーん。どのくらいの時間で戻《もど》られるか解らないから、お茶はいいわ』

『わかりま』

『ガチャッ　バンッ』

『カッカッカッ』

『お前が婚約者《こんやくしゃ》か……ぼくの足を引っ張らないようにしろよ。フンッ』

『カッカッカッ』

『バンッ』

＊＊＊＊＊＊＊＊＊＊＊＊＊＊

皆さん耳を澄《す》ませて聞いてくださいましたが、ドアが乱暴に開けられた音に片眉がはね上がり、ヤツの発言に眉間《みけん》にシワが寄った。

こっちから見ていると皆さん示し合わせたように揃った動作で、おもしろかったです。

父と兄は…………あれは、見ちゃいけません……。

「このような事がありまして。使者の方が退室された後、ノックも挨拶《あいさつ》も自己紹介《しょうかい》もせず、一方的に不思議な事を言い捨てて行かれた方がいらっしゃいました。この方の容姿が、金茶色の髪で紅の瞳をした私より少し身長の高い方です。この方が第3王子様でしょうか」

「…………」

国王も宰相《さいしょう》もまさか、第3王子が勝手に私に会い、先に婚約を言ってしまっていたとは思わなかったのだろう。顔が歪《ゆが》みだした。

そう、私もこれがなければ、あそこまで質問を考えなかった。

あのイラッと衝撃に、「殺ったるぜぃ！」の好戦的態度を取ったのだ。

だって、マジでムカついたんだもん。

質問の一番初めに、王城からの使者の振る舞《ま》いをバラし、「王都の教育」について言及したのも、本当の目的は王子。

こんな会議の場で、国王からの「婚約」に直接関連しない他人のマナーについて言ったのは、王子のことをバラす切《き》っ掛《か》けにしようとしたのだ。

まずは、各国の皆様に「国のお使いができない、誘拐犯《ゆうかいはん》がいます！」と披露《ひろう》&バカ使者に仕返し！

質問の最後に一連の対応が国王の命令か尋《たず》ね、今もおじいちゃんに確認を取ったのは、国王の命令なら「国王の常識やマナーを疑う」、部下のせいにしても「国王は人を見る目がない」「部下のマナーを疑う」になるから、国王やバカ使者の上司（軍務団団長）への嫌《いや》がらせ！

まあ、すでに沢山やらかしているので、私の嫌がらせの効果は　ほとんど無いと思いますが。

で、各国に「こんなバカがいるんです！」と王子を紹介。

タイミング的にインパクトがあるだろうし、なにより、第3王子のマナーと性格の悪さが知《し》れ渡《わた》り、私の胸がスッとする。

そして、「国内最高峰《さいこうほう》の教育を受けている王族が、この有り様。マナー教育どうなってんの？」となり、第3王子は、各国からの評価がだだ下がり。

国王にとっては計画の一端《いったん》をしゃべった大馬鹿者《おおばかもの》！　&各国からマナー教育を疑われ、赤《あか》っ恥《ぱじ》をかかせたバカ！

「この王子様の振る舞いも、1回目の王城の使者の行動も、王都の教育なのでしょうか？」

（────さて、仕上げをいたしましょう）

「…………」

国王は顔を歪めたままなにも言わない。

が、軍務団団長の瞳孔が開いてビームが出そうな熱い視線が私に注がれて、服が燃えそうです。

言いたいことあるなら言えばいいのに。

ウキウキ感から、顔がついニヤけちゃいそうだけど、我慢我慢《がまんがまん》。

偉《えら》いさんの前だから。キリッと真面目《まじめ》顔。キリッと真面目顔。

「何も言われないということは、肯定《こうてい》でよろしいですか？」

反論しないんだ。じゃ、肯定だな。

あ、ダメだ。ウキウキが止まらない。表情も崩《くず》れちゃう。

じゃあ、言っちゃいますよ!!

「私の領地やお友達の領地にはない斬新《ざんしん》なマナーですので、王都で流行《はや》っている教育なのですね！」

（あの2人だけじゃなく、もっとあんなマナーのヤツいるだろう！）

「しかも、1回目の使者のお連れの方も止めませんでしたし、皆さんが会議して出した議題への返答もあのような事でしたもの！　周囲の『マナー教育を修了《しゅうりょう》した大人の方々』が、止める事もいさめる事もなく、行為《こうい》を許されているということは、マナーとして慣例なのですね！」

（そもそも、ここに居るあんたら皆、人としておかしい考え方してるし、マナーが悪い!!
それが普通《ふつう》だと思ってんだろ!!）

「王城でこのようなマナーが慣例ですもの。皆様、王都のお家や領地に帰られてもその慣例のままですわね！」

（あんたらが、そんな人としてどうかと思うような考え方や風潮を国内に拡《ひろ》げてるんだろ!!）

「国に仕えている『騎士総団の一員』で『王城の使者』という任務を背負っている方と、ここに居る国を支えていらっしゃる貴族の皆様のすることですもの。とても洗練されたマナーなのでしょうね！」

（揃いも揃って腐《くさ》ってんな！）

「第3王子様もそんな大人の洗練されたマナーを見てお育ちになったのですね！」

（腐った中で育ったバカ王子もそりゃ腐るわ！）

皆さんにハッキリ聞こえるように、ゆっくりテンポの少し大きめの声で、抑揚《よくよう》もつけて、

「私、解っちゃいました！」風に、ニヤニヤ……キラキラした顔で言ってやりました！

軍務団団長や一部の貴族はプルプルしてるから、怒髪天《どはってん》を衝《つ》く状態なんだろうな。

あんな威嚇《いかく》で怯《ひる》むわけないじゃん。だって、兄の方が怖《こえ》ぇ………。

さて、あのバカ王子にもう一太刀《ひとたち》！

「ああ、でも！　皆様のような振る舞いや考え方をしていない『常識ある大人』もいらっしゃるはずですもの。第3王子様は、皆様の洗練されたマナーと、常識あるマナーを見比べて、洗練されたマナーを選ばれて身に付けていらっしゃるのですね！」

（むしろ、常識ある大人と腐った大人を比べて、自分から腐っていってんだね！）

「第3王子様は、たいっっっへん頭がよろしい方なのですね！」

（第3王子、バカじゃね!!）

満面の笑《え》みで言ってやりました！　ちょースッキリ！

父と兄も、満面の笑みでこっそり親指を立ててくれました。

国王や宰相？　各国に無能が露呈《ろてい》したからもういい。

軍務団団長？　屈辱《くつじょく》で真っ赤になっているからもういい。

貴族連中？　悪いマナーの見本にしたからもういい。

第3王子？　バカ王子だとみんなに言えたからもういい。

「では、私の質問は以上でございます。お忙《いそが》しい皆様のお時間を頂戴《ちょうだい》しましたこと、感謝
並びにお詫《わ》び申し上げます」

後は御暇《おいとま》の挨拶をして退室するのみ。

（――――父。兄。あとは任せた！）

笑顔で、議長であるホザ王国の代表者のおじいちゃんの方へ向いて、スカートに手を
……。

（…………ちょっと待て。結局、婚約はどういう扱《あつか》いなんだ？）

そのまま一旦《いったん》停止。

笑顔から思案顔になった私を見て、各国の皆さんも首を傾《かし》げだした。

退室の挨拶をする様子だったのに、いきなり固まった私にどうしたのかとざわついた。

見兼《みか》ねたおじいちゃんが、キョトンとして声をかけてくれた。

「どうしたのじゃ。退室の挨拶ではないのか？」

いや、私もそうしようと思ったんですがね……。

目が据《す》わり表情も消えた顔をおじいちゃんに向けて尋ねた。

「恐れいりますが、大事な質問があります。よろしいでしょうか？」

私の表情のあまりの落差に、おじいちゃん、肩《かた》をビクリとさせました。

「よっ……良いぞ」

「結局、私の婚約はどうなったのでしょうか？」

おじいちゃんをはじめ、各国の皆さんや父と兄にも、ハッとした空気が流れた。

ええ、私もさっきまで忘れてました。

が、皆さんも忘れていましたね？

というか、ゴアナ国以外の人達は、「詳細を一切《いっさい》明かさず、議題の返答として、他国の少女に国王が直接婚約命令を出す」という衝撃的《しょうげきてき》出来事に、理由や目的を暴《あば》くのに忙しかったもんね。

あんな婚約なんてあり得ないし、まず「無い」と思ってるから、無いものとして記憶《きおく》の彼方《かなた》に飛んでったんですね。……私もです。

で・す・が!!

ここできちんと明言しとかないと、後々「断りがなかったから」とか言って有効的に扱いそうだよ。あっぶねぇ。

「そうじゃな。あり得ない婚約じゃが、返事をしとらんな。返事して良いぞ」

おじいちゃん、こめかみから汗《あせ》が流れてる。

すみません。迫力《はくりょく》が有りすぎたんですね。

では、許可をもらいましたので。

「ずぇぇぇっっったいに嫌《いや》です!!」

はしたないかもしれませんが、私の気持ちを伝えるために、大声ではっきりと断りました！

皆《みな》さん苦笑いしています。

「では、ゴアナ国第3王子様と、バルフェ家令嬢《れいじょう》の婚約は、無かったものとする」

「ありがとうございます。今までの、皆様の前でのお耳汚《よご》し並びに失礼な行為《こうい》、申し訳ございませんでした。急な出来事にびっくりしておりましたし、マナー教育もまだ受けている身でございますので、どうかご容赦《ようしゃ》くださいませ。それでは、皆様、失礼いたします」

頭を下げてドレスの端《はし》を少し持ち上げ、令嬢としての礼を取り、愉快な仲間たちと退室しました。

皆の顔もイイ笑顔になっていました。

扉《とびら》を出ると、城の案内をしてくれた2回目の使者の宰相補佐官《さいしようほさかん》が待機していました。

休憩《きゆうけい》のお茶を勧《すす》められましたが、ニールさんとスーさんが無言で首を横に振ったので止《や》めときました。

うん、毒とか入ってたら怖《こわ》いもんね。やらかした自覚はありますから。

そのまま、来たときに乗ったキラキラ馬車で邸宅《ていたく》まで送ってもらえると思っていたら、

「準備がありますので、少々お待ちいただけますか？」

と部屋に案内されそうになったので、ニールが即座に断りました。

うちの従者が「お手伝いします」と厩舎《きゆうしや》に手伝いに走り、侍女《じじよ》は椅子《いす》を借りに行きました。

護衛3人は超警戒《ちようけいかい》態勢をとり、ニールとスーさんと玄関《げんかん》ホールで、準備次第出発出来るように待っていました。

ニール曰く、誰《だれ》かが部屋を訪ねて来るかもしれないとのこと。

(────いや～～！　こえぇぇ～！　何しに来んの？)

面倒事《めんどうごと》の臭《にお》いがプンプンする！　早いとこ帰ろう！

えっ？　バカがいるかもしれないから、道中も気を付けろ？　わかった！

従者も超特急《ちょうとっきゅう》で馬車の準備を終え、御者《ぎょしゃ》をひきずっ……連れてきたので、さっさと王城を後にしました。

さて、王城を出てから1日たちました。王都の邸宅で、父と兄を待っております。

父の退職やら、国交契約《けいやく》やらで遅《おそ》くなっているんでしょう。

後見の他国の皆さんも、きっと話し合いに参加されていることでしょう。

くわばら。くわばら。

父と兄は、いつ帰って来ることやら……。

邸宅には、特務団の方々が続々と集結されております。どうやら、会議の話を聞いて、マルナ領に一緒に帰る！　という方々のようです。

邸宅が人でギュウギュウの状態。

人数が集まり次第、順に何十人かの団体で、分かれて帰るようです。

今なら市井《しせい》に話がまわってないし、王城の連中は話し合いに引っ張り出されているだろうから、比較的《ひかくてき》安全に帰れそうとのこと。

今のうちにお嬢《じょう》も帰るか？　と誘《さそ》われ、思案中。

うん、私の出る幕はもうないから、さっさと領地に引きこもってもいいかな？

昨日、ニールさんが恐ろしい事言ってたし。

よし！　私もマルナ領に帰る！

と思っていたら、兄から連絡《れんらく》が。

ええ、私特製の人の魔力《まりよく》を使う通話機超魔道具《ちようまどうぐ》――人の魔力によって通話可能。対《つい》になっており、通話時間・距離《きより》は魔力量に依存《いそん》する。使用回数は魔石が壊《こわ》れるまで――からです。

兄曰く、明日邸宅に帰るから、小休憩したらそのままマルナ領に帰るとのこと。ついでに執事《しつじ》に代われと言われたので、通話機を執事に……渡せないやつだった。

縦20センチ横6センチの長方形の通話機を執事の顔へ向けて近づけ、目線で執事にしゃべるように促《うなが》した。2、3言返事を返して電話終了。

そのあと、執事に帰る準備を促されて、部屋へ閉じ込められました。

うむ、また何かあったのかな？

気にしてもしょうがないので、素直《すなお》に愉快な仲間たちと荷物の片付けをしました。余った時間で、王都で買った物の話や新作の魔道具の研究をして時間を潰《つぶ》しました。

次の日、無事に兄が邸宅に帰ってきました。馬車を降りてダッシュでこちらに向かってきます。これ、前も似たような事があったな。

（――兄よ、ぎゅうぎゅうするな。潰れる。端《はた》から見たらロリコンだぞ）

満足したようで、キラキラな美男子の笑顔でやっと放してもらえました。

高い高いは免《まぬが》れたけど、私で息抜《いきぬ》きをするのは止めていただきたい。

内臓が口から出そうになるし、兄の笑顔が眩《まぶ》しくて目が潰れる。

このヤンデレ疑惑《ぎわく》の腹黒鬼畜《きちく》め！　と心で呟《つぶや》いていると、兄の笑《え》みに黒さが加わった。

バレちゃったの？　こわっ。

額に冷《ひ》や汗《あせ》が出そうでしたが、なんとか我慢《がまん》して、ぎこちない笑顔でしたが、兄に労《ねぎら》いを。

「お帰りなさい、お兄様。思ったよりも、早いお帰りですね。小休憩後、すぐに出発ということですが、お疲《つか》れではありませんか？」

「ただいま、レミーナ。後は、父たちにお任せしてきた。早くレミーナを領地に連れて帰りたいから、僕《ぼく》だけ先に御暇したんだ。父が居れば話は出来るからね」

そう言って、客間に向かって歩き始め、お茶をしようと誘われた。

(———兄よ、なぜ手を繋《つな》ぐ。迷子にはならん)

客間の2人用のソファーにスーさんと並んで座り、向かいに兄とニールが座った。ジョンと＋4も一緒に話を聞くように言われ、テーブルを囲むように空いているスペースに椅子を持ってきて座った。

侍女が用意してくれたお茶を飲みながらほっこりしていると、おもむろに兄が切り出した。

「レミーは現状をどう把握《はあく》してる？」

「えーと、ゴアナ国からは攻撃《こうげき》対象？　私は、屈辱解消・借金回避・脅迫《きょうはく》ネタ・洗脳ネタとかに、使われそうですね。あと――――」

年齢的《ねんれいてき》に、バルフェ家の中で御《ぎょ》しやすいのは、私だ。だからきっと、一番狙《ねら》われる。

ついでに、今回の会議の件が市井に広まれば、商人は素早《すばや》く国を切り、他国へ出ていくかもしれない。貿易が滞《とどこお》る可能性もある。輸出入の税が上がることで、物価が上がる。

市民は、借金返済のために税金が上がり、物が手に入らなくなり余計に物価が上がる。「混乱・貧困《ひんこん》」が起こり、「治安悪化・盗賊《とうぞく》増大」する。反乱もありえる。その対象が「ゴアナ国」だけでなく、原因を作った「マルナ領地」になる可能性もある。

ゴアナ国を通して交易していた周辺国は、物流停滞《ていたい》・税金増額・物価高騰《こうとう》・治安悪化などの煽《あお》りを食う。特に、ゴアナ国に頼《たよ》っていた国は、多大な影響《えいきょう》が出るだろう。

そんなことをつらつらと話すと、「よく考えたね」と兄から拍手《はくしゅ》をもらった。

（――――すげぇ恥《は》ずかしいんですけど）

兄が帰ってくるまで、部屋に引きこもっていたので、スーさん・ニール・ジョンさんの他国出身者を中心に　色々と話したのだ。
王城の会議室から出た後、ニールが言った「誰かが訪ねてくるかもしれません」の一言の意味を私は、
・怒鳴《どな》り込《こ》んでくるか、もしくは襲撃《しゅうげき》
・毒殺、暗殺
・借金軽減、条約違反《いはん》の軽減などの味方依頼《いらい》
・誘拐《ゆうかい》後に、脅迫・洗脳
だと思っていた。そこに、
・裏取引き（国交的優遇措置に関する事）
・マルナ領地への帰属申請《しんせい》
・婚姻《こんいん》の既成《きせい》事実作成
などを聞かされ、早く帰って良かったと心から思った。

特に一番最後!!　変態!!

「で、これからゴアナ国内はどういう風になるのかな?」という話題もあり、愉快な仲間たちとワイワイ話した内容をまとめて、兄に言ったのだ。

「レミーは、何も知らない国民が苦しむのをどう感じている?」

国策に関わっていない者を無下《むげ》にすることに、心が痛むのだろう。兄の顔が少し辛《つら》そうに歪む。

次期領主として領民を守る立場から考えると、あのゴアナ国の貴族達の尻拭《しりぬぐ》いのために、今度は大勢の他領民達が苦労することになるからだろう。

でも、私は、他領地がしている事を同じようにしているだけだと思っている。兄の領主としての考えも理解は出来るが、納得《なっとく》・同意が出来ない。

それよりも、哀愁《あいしゅう》よりキラキラが勝ってる！　はぜろイケメン！

心の声が聞こえたのか、いつもの顔に戻し、黒いオーラを少しずつ醸《かも》し出《だ》した兄は、ちょっぴり低い声になった。

「レミー？」

おっと、ごめんなさい。

「だって、お兄様。知らなければ何をしてもいいのでしょうか？」

兄に負けないブラックオーラを出しながら言葉を続ける。心の奥《おく》にあるドロドロとした黒く濁《にご》った感情が少しずつ表層に浮《う》き上がってくる。

私は前世記憶とテヨーワで得た知識で、大人顔負けの考え方が出来る。でも、前世記憶は異世界のものだから、テヨーワで通用するものかどうかは解らない。

価値観や物の見方受け取り方、思想、思考、色々と違《ちが》いがあり自分なりに折り合いをつけている状態なのだ。

結局、この世界で私は、領地からほとんど出たことのない、一般《いっぱん》教養的な知識経験しかない10才の子供で、理解出来ない事も納得いかない事も多々あるのだ。

治安が不安定で、命の価値が低いため、危険回避《かいひ》のために自分を一番に考えなければ生きていけない。

自分の犠牲《ぎせい》と他人の犠牲が秤《はかり》にかけられる。

大切なものを守るためには、一定のものを切り捨てる覚悟《かくご》が必要になる。

その「自分が生きるため」の覚悟が無ければ、すぐにこの世界に潰されてしまう。

だけど思考の切り替《か》え・割り切りをしたからといって、感情が無くなるわけではない。

知ってしまった事実とされた理不尽な行為。

理解・推測・想像など頭で処理することは出来る。

でも、それに心の整理がついてくるかは別だ。

「お母様や祖父母、領民達《たち》。モンスタービートで亡《な》くなった祖先の方々がこのゴアナ国のみならず、大陸を守っていることは、すでにこの大陸の全種族は知っているはずなのよ。『10年に1度モンスタービートが起こる大陸』って。『じゃあ、誰がそれを討伐《とうばつ》しているのか』って……」

　声が震《ふる》え、鼻の奥がツンとしてくる。頭に浮かぶのは、避難《ひなん》していた砦《とりで》で聞いた、人の断末魔《だんまつま》や物体が潰れる音。

「知っているはずなのに考えていないだけなのよ！」

　モンスタービートは自然現象だと、誰も悪くないと、頭では解っていても、なぜ自分たちがこんな思いを10年おきにしなくてはいけないのか、と胸が潰れそうになる。

「誰かが犠牲になっていることを！　実感がないから！」

　ポロリと涙《なみだ》がこぼれる私の顔を耐《た》えるような眼差《まなざ》しで見守る兄。

「私はお母様を！　友達は父親を！　母親を！　両親を！　知り合いは友人を！　息子《むすこ》を！　娘《むすめ》を！」

　前を向いて歩いているつもりでも、ふとした瞬間《しゅんかん》に頭に思《おも》い浮かぶ亡くなった人の顔。その度《たび》に心が千切れそうになる。こんな思いをさせておきながら、手助けしないのならやり返されても当然だ！

「十数年に1度哀《かな》しみが訪《おとず》れる領地があると知っているのに、自分は関係ないと知らないふりをしているんです！」

　胸の奥に仕舞《しま》っていた哀《かな》しみに呑《の》まれ、涙が溢《あふ》れて止まらない。

今でも時折胸によぎる思い。
母が生きていたら……。
聞きたい事か沢山《たくさん》ある。
教えてほしい事が沢山ある。
話したい事が沢山ある。
聞いてほしい事が沢山ある。
名前を呼んでほしい。
笑いかけてほしい。
一緒《いっしょ》にお買い物がしたい。
一緒に魔道具を作りたい。
………でも、母はもういない。
この言い様のない悔《くや》しさ・哀しさ・虚無感《きょむかん》。
この哀しみは、モンスタービート討伐に関《かか》わる者達に必ず訪れる。
討伐参加は自己責任かもしれないが、ほぼ強制参加になるのがマルナ領・アルナ領だ。
だからこそ、条約で契約されたのだ。その分の対価を払《はら》うと。
(——こっちは命懸《か》けて契約を守ってんだ!!　そっちも命懸けて契約守れや!!)

知っているはずなのに知らないふりをするなら、知っている状態に気づかせればいいじゃないか！　それが今なんだ！　とボロボロ涙をこぼしながら喉《のど》をつまらせて言った。

母が亡くなって以来の私の大号泣《だいごうきゅう》に、兄は慌《あわ》ててソファーから立ち上がり私を抱《だ》っこした。子供にするようにゆったりと左右に体を揺らし、背中をトントンしてくれた。

愉快な仲間たちは、初めて見る様子にどうしていいのか解らず、オロオロあたふたしていた。

「ごめんね、レミー。我慢してたんだね。寂《さび》しかったんだね。悔しかったんだね」

しばらく抱っこされた後、スーさんは兄が座っていたソファーに移り、２人用ソファーに兄が座り、その膝《ひざ》の上に横座りにされた。ぎゅうもトントンも継続《けいぞく》中。

「大丈夫《だいじょうぶ》かい？」

涙を拭《ぬぐ》ってもらい、水の入ったコップを渡された。えぐえぐしゃくりあげながら、水を飲む。うん、美味《おい》しい。コップを両手で握《にぎ》りしめ、話を続ける事にした。

「お母様や領民達が守ってくれた事に対価をもらうだけですもの。文句や意見を言うのなら自分達でモンスタービートをどうにかすればいいわ」

そう言った後の記憶が途切《とぎ》れていた。

気付いたら馬車の中でした。泣き疲《つか》れていつの間にか寝ていたようです。スーさんに膝枕してもらっていました。

「気分はいかがです？」

目尻《めじり》を下げて微笑《ほほえ》んでいるスーさんに手伝ってもらい、起き上がる。大丈夫な事を伝え、あれからどうなったのか聞いた。

お茶を飲んだら、すぐに出発したそうです。

ちなみに、私は兄にお姫様《ひめさま》抱っこされて運ばれたらしい。どうせなら、「イケメンの姫《ひめ》抱《だ》っこ」を写真に残しとけばよかった！　これから無いかもしれないし！

マルナ領まで馬車で3日それから家まで1日で、4日かけて帰るそうです。

マルナ領地は、大陸中央縦線を南の端から中央に向かって三角形に出っ張っている南の『魔の森』に沿って長細いので、王都から最短にある村を目指すようです。

ちなみに、大陸中央縦線上がイラルド国との国境でもあります。

いつもより余裕《よゆう》のある日程にしてあるのは、人数と馬車が多い事とする事があるかららしい。

私にも何かすることがあるのか尋ねると、兄が魔道具を作って欲《ほ》しいと言っていたとのこと。

何だろう？　魔石があれば大丈夫だけど……。

音声レコーダーでした。

作りましたよ、20個前後。馬車走行中での作業だったので、たまに気分が悪くなっちゃいました……。

一応、馬車の中でリバース的な事にはなりませんでしたよ。

みんなに心配はかけましたが。

道中は、休憩を挟みながら進みましたが、出来るだけ早くマルナ領地に入るためにゴアナ国内の貴族の屋敷《やしき》には泊まらず、夜は野営をするみたいです。

挨拶するのが面倒臭いんだな、兄。ついでに、王城にいた貴族の手先？　を警戒《けいかい》してるのかな？

王都の邸宅に集まっていた特務団の方々は、あまりに多い人数だと目立つので、30～40人の隊を作り、それぞれ違う道を通ってマルナ領地へ向かっているらしいです。

私のいる隊は、少し多いようで60～70人。時々兄から指示が出ているようで、幾《いく》つかの5人組がそれぞれ違う方向へ、道を逸《そ》れて行っているとのこと。

ええ、スーさんに教えてもらいました。

只今《ただいま》、馬車酔《よ》いでめっちゃグロッキーなんです。私。うえっぷ。

もう、ここが外だろうが馬車の中だろうがどうでもいいので、早く横になりたいです。

泣きすぎの頭痛と馬車酔いで、ノックアウト寸前です……。

結局、ノックアウトされた私は、初めての野営を楽しむこともなく気絶するように寝たそうで。

かなり、みんなに心配かけたようです。すみません……。

兄が夕食前に話をしに来てくれたようですが、すでに私は夢の中……。

そのまま寝《ね》かせておくよう指示が出たので、私は朝までぐっすり寝ていたようです。

朝食はみんなと一緒に食べました。特務団は、隊長や一般兵関係無く同じものを食べるのが普通だそうで、大鍋《おおなべ》に料理当番さんが大量にスープを作ってくださいました。

素材の味を活《い》かした優《やさ》しい味のスープとパン、果物でした。

ええ、たまねぎときのこ、ベーコンの入った塩味スープとも言います。でも、美味しかったですよ？

朝食後に兄と話をしたかったのですが、食事中も団員の方と話をしていたので邪魔《じゃま》になると思い、控えておきました。

兄の側近に、昨日のお詫びと時間が取れたら話がしたい旨《むね》を伝えておきました。

さて、昨日は泣き疲れて寝ている間に馬車に乗せられ、魔道具作りで馬車に籠《こも》り、気分が悪くなってブラックアウト。……旅の様子をひとつも知らないとは……。とほほ。

今日はしっかりと外の様子も見たいと思います。

特務団の騎馬隊《きばたい》が馬車を囲んでいて、前方・中央・後方の３グループの隊列を作っているようです。１グループあたり、だいたい馬車が３台と騎馬５人になっていて、馬車に乗っている人数はまちまちのよう。中央の隊に兄の馬車と私の馬車がいるみたいですね。

うん、警戒態勢中だな。一応みんな普段着だけど、腰《こし》にぶら下げている剣《けん》や馬上にある槍《やり》が、物々しさを感じさせる。顔つきも険しく、周囲に視線を飛ばしている。

こんなゴツい連中に相手をされるなんて、可哀想《かわいそう》になってくるわ。

でも、近寄って来たら来たでソイツは怪《あや》しいもんね。

道中は、森の側《そば》の道を進んでいる時に森から魔物《まもの》が襲《おそ》ってくること以外に、特に変わったことが起こることもなかった。ポカポカ陽気に誘われ、うたた寝しちゃうくらいに。

時々襲ってくる魔物は、運が悪いとしか言いようがないな。

そういえば、スーさんによると、途中幾つかの５人組の騎馬隊が道を逸れて行ったらしいので、もともと騎馬隊はもっと多かったのだろう。

あれ？　馬って個人所有？

もしかして、特務団のじゃねぇの？

乗ってきていいのかな？

と、考えていたら、昼食の時間。道から少し離れた場所に移動し、大所帯で昼食休憩。

今度のスープは、じゃがいもとたまねぎ、ベーコンのスープでした。

愉《ゆ》快《かい》な仲間たちとキャイキャイ言いながら、料理話に花が咲《さ》きました。

国によって特産物も変わってくるし、調理法も違うものがあるようだ。

うたた寝やおしゃべりをしながらの馬車の旅、中々に楽しいです。

――兄と話せたのは、結局、マルナ領地のバルフェ家へと着いてから、1週間後でした。

◆第四章　そして現在の私

（――時間がありすぎて、つらつらと今までの生活を思い返してしまった）

前世の記憶がある私にとっては、異世界であるテヨーワ。

今のこの状況《じょうきょう》になってしまったのは何故《なぜ》なのか。

生まれてからこれまでの思い出や出来事を頭に浮かべてみた。

余りにも時間が有りすぎて、要は暇すぎて、長々と要《い》らないことまで思い出したけど、なかなかに楽しい10年間だと思う。

あの「イラッと衝撃《しょうげき》」は、確かに凄かった。うん。

その衝撃を相手に打ち返せているか解んないけど、私的には気分スッキリ。

（――結局その後はどうなってんのかな）

現在、王都の大事件から12日が経《た》っています。

家に帰ってきてからは1週間ですね。

ずっと、愉快な仲間たちとあーだこーだと兄が道中していたことに対して憶測を広げていたけど、本当のところは一体どうなのかと、質問したくてウズウズする気持ちを抑《おさ》えていました。

だって、道中も家に帰ってきてからも、特務団や領地の大人たちと凄《すご》い勢いで会議会議会議会議…………。

しかも、会議が終わったと思ったら何処《どこ》かへ出かけたり、帰ってきたと思ったらまた違う会議を始めたりしていたよ。

いつ休憩しているのか心配になるくらい、みっちり会議ばっかりしてみんな体調大丈夫かな？

その会議に参加する特務団の人とか、マルナ領各地の代表者とか、伝令の人とか、あまりの人の出入りの多さに、食堂や庭に行くのも憚《はばか》られ、むしろ部屋から出ないように言われちゃいました。執事に。

移動するときは必ず護衛を付けるように言われ、ついでにどうせならと、学習予定をしっかりと決められ、イラルド国やラハト帝国《ていこく》・ホザ王国の歴史や、商業ギルドの仕組み、物流・交易の特徴《とくちょう》、計算や商売理念などを他国出身者の愉快な仲間に教えてもらいながら、過ごしましたよ。

何故に商売関連？

兄のしていることの方がめっちゃ気になるんですけど。

ああ、あれか。好奇《こうき》心《しん》で屋敷内をウロウロされるよりは部屋に閉じ込めてた方が安心ってやつですか。

まあ、すること無いからいいけど。

部屋で愉快な仲間たちと朝ご飯を食べていると、「朝食後に話をしよう」と兄から伝言だと従者に言われました。

やっと来たか！　とウキウキしてオーケーの返事を従者にしに行ってもらい、スキップしそうな勢いで只今執務室に向かっております。

一見しずしずと執務室へ歩いているが、顔も心も大フィーバー！

うちの父なら殺ってくれる！

生かさず殺さず、きっちりと首に縄《なわ》は付けてくるはず！

何ならゴアナ国が潰れようがどうなろうが、対価だけは回収するはず！

刃向《はむ》かって来たら、有無《うむ》を言わさず返《かえ》り討《う》ちにするはず！

王都にいる父が、ゴアナ国への断罪を曖昧《あいまい》にするはずがない。

かといって、「今までの対価が結局未払い」なんて事にならないように、うまいこと金額や期限を調整してガッチリ対価だけはぶん捕《ど》ってくると思われる。

じゃないと、マルナ領地はただ損をするだけだ。

いいようにコキ使われて、怒《おこ》ったら相手が自滅《じめつ》して、対価ももらえず、結局やることはコキ使われていた時と同じ。なんてことになりかねない。

特に今、ゴアナ国自体が自滅寸前もしくは存続の危機だし。

うちへの負債《ふさい》だけじゃなく、他国への賠償金《ばいしょうきん》もあるし。

他国からの信用度が無くなっちゃったし。

さて、あれからどういうことが話し合われ、決定されたんだろう。

父の冷笑《れいしょう》が大盤振《おおばんぶ》る舞《ま》いだろうな。

たぶん父は、「ゴアナ国」がどうなろうと気にならないんじゃないかな。

父に想《おも》いを馳《は》せ、満面の笑みで執務室のドアをノック。

中から返事をもらい、愉快な仲間たちと部屋に入りました。

「レミー、何だか久しぶりだね。癒《いや》される……」

部屋へ一歩足を踏み入れた瞬間、横から腕《うで》が伸《の》びてきて捕獲《ほかく》されました。

その後は、いつものように　ぎゅうぎゅうです。

(――――くっ苦しい……肩が変形する……やめてくれ……)

いつもは上半身が押し潰されそうな感じだけど、今日は体が縦半分に折れそうな感じだよ。

力加減もちっと考えてくれませんかね、兄よ。

あら、隈《くま》がめっちゃすげぇ。

顔も疲れてくたびれてる感じだね。

そんなでもイケメンな兄よ。はぜろ。そして、離れろ。

ぎゅうぎゅうされながら、兄の顔を見て呆れる私。それを執務机の横に立って待機していた兄の側近に見られ、クスクスと笑われた。

「相変わらず仲がよろしいですね」

「もちろんだ」

側近の声に我に返ったのか、兄復活。

部屋の雰囲気《ふんいき》が柔《やわ》らかく和《なご》やかになり、ソファーへと移動。

歩きながらふと部屋を見渡すと、執務机にはまだ山のように書類が乗っかっている。

補佐《ほさ》役の机にも乗っかっている。

これが、多いのか少ないのか解《わか》らないが、やることはまだまだあるようだ。

話す時間もらってもいいのかな？

執務机に目を向けている私に、兄はこれでも少なくなった方だと教えてくれた。

ついでに、父が帰ってきてからの方がもっと凄くなるらしいとも。

うん、お疲れさま。頑張《がんば》って。

遠くを見るように目線をずらしながら、兄を労《ねぎら》い、体調や時間は大丈夫なのか訊《き》くと、大きなものは終わったので、大丈夫とのこと。

今は、伝令の返答や報告を待っていて、丁度《ちょうど》空き時間なのだそうだ。

後は、兄が癒しを求めたらしい。こそっと側近の人が教えてくれた。

応接セットのソファーと人数が合わないけど、みんなに話を聞かせてくれるようで、愉快な仲間たちに退室の命令は出なかった。

兄は1人で、私はその向かいにスーさんとニールに挟《はさ》まれて座《すわ》った。兄の側近や他の愉快な仲間はそれぞれの主《あるじ》の後ろへ立ったままで、話を始めるらしい。

「どこから話をしたらいいかな……？　レミーは何が知りたい？」

色々ありすぎて、どれをどこから話せばいいのか迷っている兄は、とりあえず私が知りたい事から話してくれるようだ。

私から聞きたい事は、

・ゴアナ国の現状（会議後の動きや、国・貴族・国民の動きなど）

・負債の取り立てについて（具体的な方法など）

・マルナ領地の現状（対策やこれからの指針など）
くらいかな。あと、足すなら、
・モンスタービート対策について
・領政の変更点《へんこう》
ってとこかな。

さあ、教えてくだされ、兄よ。

「父から連絡をもらっている、解る範囲《はんい》と話せる範囲になるけど………」

と前置きをして兄が話し始めた。

モンスタービート発生直後、会議の5年前から資料作成で下準備を始め、マルナ領地の扱《あつか》いに唖然《あぜん》とした2年前に対策を練り始め、ゴアナ国から離脱《りだつ》を決意した4ヶ月前には、既《すで》にマルナ領地や領政などについて、各地の代表者とも話し合っていたので、マルナ領地は混乱が起こることなくすんなり事が進んだとのこと。

ただ、会議後、ゴアナ国を転覆《てんぷく》させてしまう事態にはなるので、懇意《こんい》にしている貴族の方々へはうっすらと根回しはしてあるそうです。

ゴアナ国から攻《せ》め入《い》られる覚悟があったから、各地の町村では、準備万端《ばんたん》で連絡を待っていたそうで。

王都（通話機）→主要な町（早馬）→大きめの村（早馬）→小さめの村

という感じで一斉《いっせい》に各地に命令が飛ぶよう仕度《したく》済みだったそうです。

《会議 終了《しゅうりょう》後》

即《そく》主要町に以前から練り上げていた、領地防衛案や国境警備案などを実行する事を通話機で通達。

それを各地の代表者が町民村民に発表。計画案として4ヶ月《かげつ》も前から準備していたので、特に揉《も》めることなくすんなり了承《りょうしょう》。

ついでに他国との国交契約も話す。

↓

《会議終了から1日後》

王城では、父がゴアナ国との負債支払い&国交契約について会議し（他国とは既に締結《ていけつ》済み）、兄が特務団員に事情を説明して、マルナ領地勤務希望者は王都のバルフェ家に集合。

隊長クラスには、領地防衛案や国境警備案を話し、団員の割り振りや指揮をしてもらい、旅の準備を進める。

特務団は待機組と出発組に分かれ、第一弾出発組は、各地の国境警備に配属される団員ごとに隊を分けて、それぞれ最短の道を行く。

↓

《会議終了から2日後・旅の1日目》

兄、王都の邸宅に戻る。

第二弾の特務団出発組とともに、私達も出発。

道中ゴアナ国側の動きを探《さぐ》るため、幾つかの5人組の騎馬隊を警戒に当たらせる。

この5人組には、懇意にしていた他領地へもお使いに行かせる。

↓

《会議終了から3日後・旅の2日目》

連絡から3日程で、各地に第一弾（特務団）出発組が到着《とうちゃく》。

むしろ思ったよりも速かった特務団の人たちの対応に担当町村は右往左往。

各地から配備完了《かんりょう》報告のついでに質問なども交《まじ》えて、ひっきりなしに通話機で会話。

↓

《会議終了から4日後・旅の3日目》

マルナ領地内に入ってから、通りすがりにある町村をさらっと視察&休憩。

第二弾（特務団）出発組が各地に到着。

各地と通話機でひっきりなしに会話。

そのうち、魔石の魔力が無くなり通話機の予備も無くなる。
各地から報告・質問のための早馬が出される。

↓

《会議終了から5日後・旅の4日目・家到着1日目》
マルナ領地のバルフェ家に夕刻到着。
各地から続々早馬が到着。
国交契約や国境警備などの書類作成&会議。

↓

《会議終了から6日後〜・家到着2日目〜》
時間差で各地からまだまだ早馬が続々到着。即会議。
特務部隊の管理等についての会議。
領政の変更について、会議。
領法の修正・変更についても、会議。
最短砦《とりで》にいる特務部隊の視察。
などなど。

↓

《会議終了から12日後・家到着7日目》

今、ここ。

父は、王都でずっと会議ざんまい&決定事項《じこう》などの報告や命令をちょくちょく連絡してきてたみたい。

4ヶ月前から領地各地で準備してたんだ……。

知らなかったよ……。

準備って大切なんだなと心から思いましたよ。

そして、皆《みな》さん、ほんっとうに会議お疲れさまです。

『マルナ領地の現状・領政の変更点』については、

・各地とも攻《せ》められてもいいように、臨戦態勢。

・国境付近にある避難用砦に特務団を配備。（約10ヶ所）

・砦間の村へも特務団配備。

・領民に混乱はなく、冷静。

・法律は「アマルナ国」から続いているマルナ領独自のもので変わりなし。むしろゴアナ国との摺《す》り合わせが無い分、スッキリする。

・国境警備、特務部隊、出入国などの新部門の執務を担《にな》う人手が足りない。

・支出が減少し、財政は豊かになる。
・国交契約《けいやく》の周知。
・しばらくは入国制限をかける。
など、良い点悪い点があり、屋敷での会議も、各地の国境警備について話し合った時間が一番長かったらしい。

ぶっちゃけ、領政するにはいい環境《かんきよう》になったけど、人手が足りない状態で、領地の周りが少し物騒《ぶつそう》になりそうとのこと。

『負債の取り立てについて』は、どうやら父も支払《しはら》われない可能性を考えたそうで、
・特務団の支給品や装備。
・魔道具や食料品。
を返済に当てても良いとし、既に特務団関連の物は清算され始めているとのこと。

だから、みんな馬や馬具、装備をしたままだったんだ。と、納得。

さすが父！　特務部隊の装備をこれから揃えていたら時間がかかるし、ゴアナ国から何かされたら危ないもんね。

魔道具や食料品もゴアナ国内の各地からかき集めれば、結構な金額になるだろうと親切心から返済に当てていいことにしたそうだ。

特に魔道具は、貴族がいっぱい持ってるしね。

会議終了後、他国の前で負債支払い交渉《こうしょう》が行われたらしいが、うちそんなに払えません。どうにか慈悲を。（ゴアナ国）

↓

バカ言うな！　さっさと算段しろ！（他国）

↓

これなら払えるだろう！　その代わり、先払いをしてもらおうか。（マルナ領地）

という、バカなやり取りがまたもや繰《く》り広げられ、負債は、条約上１９００年分だが、多大な金額になりすぎて返済の目途《めど》がつきそうにない事とマルナ領の妥協《だきょう》案から、条約締結からの２００年分になった。「恩」の考え方がゴアナ国は壊滅的《かいめつてき》なので、だったら契約としてはっきりと明記されてからの換算《かんさん》としたらしい。

どうせならマルナ領地がゴアナ国を取り込んで、「マルナ国」になったらいいんじゃないかとの話も出たらしいが、面倒臭《めんどうくさ》いしこんな国要らないと父拒否。

各国は、１９００年分を強く押していたが、払えないような金額だったら払わないだろうから……と、払えるギリギリを計算して請求《せいきゅう》。

ただ、各国への賠償金は別らしいですけど。

王城の宝物庫を開けて、王族貴族の財産を3／4くらい徴収《ちょうしゅう》したらイケるらしい。

ただ、モンスタービート討伐に積極的な領地もあったため、不公平にならないように、各領地別に、討伐不参加の領地ほど負債額が多くなる採算見積りをゴアナ国側に提出したそうだ。

うん、マルナ領に隣接《りんせつ》している、友達のカミルがいるフール領は、特に討伐参加に力を入れてくれて協力的だったから、そんなところからお金を搾《しぼ》り取るのは許せん。

兄曰《いわ》く、「理不尽《りふじん》だ」とか「納得いかない」とか言って抵抗《ていこう》する貴族もいるだろうから、もらえるものは先にもらっておく戦法を執《と》るとのこと。

で、今のところ、特務団関連・宝物庫半分・処罰《しょばつ》貴族の財産、がすぐにマルナ領地に支払われる事が決定された。

残りは会議で言っていたように、1年かけて払うそうだ。

『モンスタービート対策について』は、
・モンスタービート並びに魔物討伐《まものとうばつ》関連の決定権はマルナ領地
・日程などの魔物管理計画はマルナ領地
・自国の貴族の割り振りや調整はゴアナ国
・委託《いたく》管理費を国庫から毎年マルナ領へ

・周辺国も委託管理費を毎年直接マルナ領地へ
・（ゴアナ国側の）魔物討伐《まものとうばつ》及《およ》びモンスタービート討伐参加の経費は自国持ち

などが決まった。

貴族の魔物討伐が正しく行われるか怪《あや》しいと父も他国も不信感を抱いていて、３大国から監視員派遣《はけん》の提案があるが、ゴアナ国内が混乱するためどうなるか解らないそうだ。

結局、国として機能しなければ、有象無象《うぞうむぞう》の集団に成り果て役に立たないのだ。

この混乱を利用して国から逃《に》げることもできれば、新たな組織を作ることも出来るので、果たしてゴアナ国の貴族たちはどっちかな？　と兄が黒い微笑みを浮かべてます。

その「新たな組織」というのが厄介《やっかい》の種になりかねない。「新たな組織」がゴアナ国の未来のキーになるので、他国の皆さんが色々と考えて牽制《けんせい》されているとのこと。

『ゴアナ国の現状（会議後の動きや、国・貴族・国民の動きなど）について』は、混乱真《ま》っ只中《ただなか》の一言。

・条約違反《いはん》の賠償
・貴族の処罰
・国政の抜本的《ばっぽんてき》改革

などを強制的に迫《せま》られており、貴族たちの無理解による抵抗&反抗の嵐《あらし》だそうだ。

他国や父は、賠償金や国交などの契約会議を済ませて早く国に帰りたいのに、ゴアナ国の自国内会議が長引き、完全な国交契約が締結できず、父も他国の代表者も帰るに帰れない状態になっているとのこと。

兄曰く、

『内乱や革命が起こって、王が代わるだけならいいけど、国自体が変わってしまえば「うちは、ゴアナ国ではないので、知りません」と今までの条約違反を突っぱねられ、「うちは、マルナ領地さんとはよい関係を築きたい」とか言って全く新しく国交契約されたら、賠償なんてしてもらえず、こっちは何にも出来ない』

だと。

まあ、他国の目にどう映るかは解んないけど、兄が教えてくれたやり方は、ありっちゃありだな。

というか、ゴアナ国を見捨てる方向で国を新たにする方が、マルナ領地への負債も無くなるし、他国へ「ゴアナ国への制裁」「新たな国はマトモです」的なアピールにもなるからね。

そういうわけで、王都は今、権力争い&処罰回避《しょばつかいひ》のために、貴族たちが大変物騒になっているらしい。

国民へはまだ細かな説明がなされていないが、各領地から貴族が王都へ集まり、何やら揉めている様子から不安に感じているようで、「何かが起こる」と噂《うわさ》が広まっているそうだ。

この混乱真っ只中では何が起こるかわからないが、モンスタービート会議での決定事項《じこう》確認《かくにん》のために、父も他国も王城に留《とど》まっているとのこと。

いち速くゴアナ国の内情を知れる王城にいるのが一番なので、各国も移動魔法陣《まほうじん》を使って交替でゴアナ国に詰めており国情の把握《はあく》に努めているそうだ。

そんな中、一番揉めているのが、次の国王。二番目に、処罰《しょばつ》について。

会議に出席していた面々には、当然何かしらの処罰が与えられる。

その処罰を決めるのは上層部だが、その上層部が揃《そろ》いも揃って処罰対象。

処罰を実行・見届けるトップが不在では困るので、まずはこの国のトップを明確にしろと、各国からも要請《ようせい》。

完全な国交契約締結《けいやくていけつ》ができないし。

その「次の国王」について、
・王妃《おうひ》と王妃の祖国を後見とした王太子。
・側室1号の公爵令嬢《こうしやくれいじよう》とその実家である宰相家《さいしよう》を後見とした第2王子。
・側室2号の侯爵令嬢《こうしやくれいじよう》とその実家並びに軍務団団長を後見とした第3王子。

のどれを次の国王にするかで、派閥《はばつ》ができあがり争っているらしい。

なにせ、国際的処罰の後には国内処罰が待っているから。

責任の擦《なす》り付け合戦らしい。

ゴアナ国内では、宰相の公爵《こうしやく》家が大変権力を持っており、派閥が一番大きい。

国政により国内上位の貴族や、他国とも繋《つな》がりがあるため、発言力も実行力もあり、「国を左右できる」宰相の権力がとても強い。

騎士《きし》総団の中でも人員が一番多い軍務団のトップである軍務団団長の派閥は、ちょっと頭が筋肉でできている部分があるが、武力的に強く見過ごせない派閥なのだ。

王妃は、国内での派閥が一番小さい。各国から外交手腕《しゆわん》を評価されているものの、国内では、国王に進言する事を貴族達《たち》が快く思っておらず、国王自身も五月蠅《うるさ》く進言してくる王妃を疎《うと》ましく思っているらしい。

小国の祖国で培《つちか》った常識がゴアナ国内ではなぜか通用しない状態で、それを正そうとすればするほど王妃の国内評価が下がっていったのだ。

そこに、国王が王妃よりも側室達に寵愛《ちようあい》を注いでいることも拍車をかけている。

私からすれば、次期国王という肩書《かたが》きが付随《ふずい》している『王太子』がなりゃあ良いじゃんって思うんだけど。

だって王太子って、そういうもんでしょ？

それを今更《いまさら》グダグダ言うヤツは、ろくなヤツじゃないでしょ。

さっさと切れば良いのに。

各国と父も、王太子が当然次期国王だと思っていたが、他の派閥に押されている様子に、外交で接する各国は、王妃の国内評価の低さに唖然としているそうだ。

国内権力集団、脳筋武力集団、国際的常識集団、の三《み》つ巴《どもえ》の中、仮に国王を決めても直《す》ぐに抗争が起こるだろうと、各国も父もゴアナ国自身が国王を決定することを待っているのだ。

しかし、王城の雰囲気は物騒になっていくばかりで、待てども待てども決まらない。

ならばと、「先に国際的処罰を明らかにし、それを踏《ふ》まえて国王を決めたらどうか」と父が進言。

そうすれば、発言力に差ができ、「新しいゴアナ国」の基礎となるのではと。

各国も父も、国王選定については口出しできないが、処罰についてはモンスタービート会議に関連することだけでも口出しできる。

しかし、「婚約命令《こんやくめいれい》」で「マルナ領地を丸め込む」手法を決定した者達と、ただの顔繋ぎであの場に居た者達の罪の重さは違《ちが》うので、その見極《みきわ》めに時間がかかっている。

ついでに、モンスタービート討伐《とうばつ》に不参加の領地、国交的優遇措置《ゆうぐうそち》で恩恵《おんけい》を受けている者についても、各国と父とで人手を出し、調査中とのこと。

そんな中、国内権力集団と脳筋武力集団が手を組み、国際的常識集団を押さえ込もうとしているらしい。

私が王城から退場しようとしていた時に、宰相補佐官《さいしょうほさかん》に部屋へ案内されそうになったのは、どうやら王妃の指示らしく、「会議の発言内容を止められず申し訳ない」と言いたかったそうなのだ。

その後も、どうやら王都の邸宅《ていたく》に使いを寄越《よこ》し、私と面会を希望していたようで。

それで、私は部屋に閉じ込められ、執事達《しつじたち》が丁寧《ていねい》にお引き取りいただいたそうだ。

それを脳筋武力集団の一部が目撃し、軍務団団長に報告。

手を組まれても面倒だと邸宅に来る王妃一派を闇討《やみう》ち決定。

その様子を知った兄が執事《しつじ》に連絡《れんらく》。

おかげで、闇討ち実行部隊は特務団員に邸宅近くで、現行犯で取り押さえられ、拘束《こうそく》。

「家を襲撃《しゅうげき》しようとした」という理由にして、いまだ拘束中。

闇討ち実行部隊が帰ってこない事を訝《いぶか》しく思ったのか、兄が邸宅に帰って来たときには、尾行《びこう》されていたそうだ。

その後も、周囲にハエが飛んでいたから、旅の道中も襲《おそ》われる可能性有りと踏んで、兄と私がいた本隊を囮《おとり》に、特務団員を拡散させてマルナ領地へ出発させ、領地自衛をいち速くさせたとのこと。

旅の道中は、幾つかの５人組に襲撃部隊を狩《か》らせていたので、私達は安全に領地まで進行できたのだ。

この王妃と軍務団団長一派の動きを知った宰相一派が、王妃一派を潰《つぶ》して軍務団団長一派を取り込み、権力的にも武力的にもゴアナ国内で力を持とうと画策中だそうだ。

王妃一派は、良識ある領地――モンスタービート討伐部隊を派遣している領地――の貴族達と共に、王妃の祖国やモンスタービート条約締結各国と繋《つな》ぎをとり、なんとかゴアナ国が潰れないように猶予《ゆうよ》や慈悲を求めているらしい。

それを宰相&軍務団団長一派は、苦々しい顔をしながら周りから様子をうかがっている状態とのこと。

きっと、自分達では印象が悪すぎて相手をしてもらえないため、王妃一派に外交を任せて、いい返事を各国からもらった後で潰すんじゃなかろうか。

10才の私が聞いて『もう、権力争い止《や》めたら？』と思うくらいだ。各国も調査を進めていく中で、王妃一派の良識を改めて確認《かくにん》し、宰相&軍務団団長一派の非常識を改めて感じている事だろう。

「そろそろ、父と各国の調査団が結果を出して、国際的処罰が決定するだろう」

ニヤリと黒い笑《え》みを浮《う》かべる兄。

同じく黒いオーラを出しながら微笑《びしょう》する兄の側近。

考え込んで無言の愉快な仲間たち。

そして、兄に負けない黒い笑みを浮かべる私。

（――さっさと処罰実行してサクッと問題解決しないかねぇ？）

――side　父――

「まったく、ここまで酷《ひど》いとは……」

「そうですな。本当に……」

ゴアナ国の次期国王が決まらず、先に処罰対象・内容を明らかにするため、ゴアナ国側の会議参加者やその領地、またモンスタービート討伐に不参加の領地、国交的優遇措置で恩恵を受けている者などを調査し、すでに提出してあるマルナ領地独自の報告書と照らし合わせ、まとめている。

調査団として、モンスタービート会議参加国から人員が出され、やっと調査が終了し、最終確認の会議中だ。

各国から、労《いたわ》るような眼差《まなざ》しと言葉をこれまで何度頂いたことか。

「私は、これまでの対価を支払《しはら》って頂き、これからもきちんとお支払いいただければそれで良いのです」

微笑し、皆さんの言葉に返す。

この言葉も何度言ったことか。

貴族連中が権力争いでいがみ合い、一気に物騒な雰囲気になった王城。

ゴアナ国内が混乱するのは目に見えているが、私とて我が領地領民を守るためだ。

冷酷《れいこく》だと言われようとも決断したこと。後悔《こうかい》はない。

懇意にしていた貴族の面々には、うっすらと伝えていたため、ご自分達でどうにかなさるだろう。

すでに、面会して激励《げきれい》の言葉をくださった方もいらっしゃったしな。

「では、これで決定とし、ゴアナ国へと提出、実行ということでよろしいですかな？」

イラルド国の代表者が全体を見回し、確認を取る。

それぞれ頷かれ、決定となる。

モンスタービート会議での処罰対象は、一言で言うなら「ゴアナ国」。

今までにない事態のため、各国も怒《いか》りと困惑《こんわく》に包まれている。

大国である「ゴアナ国」が潰れれば、その周辺国にも影響《えいきょう》が及《およ》び、動乱が起こってしまうだろう。

それに乗じて他国が裏で何かしらするかもしれないが、ハッキリ言ってこの国に旨味《うまみ》はほぼ無い。

魔道具や魔法《まほう》の研究はラハト帝国が上。

武器や防具、道具などの製造はホザ王国が上。

農耕や酪農《らくのう》などの生産はイラルド国と同等。

突出した産業がほとんど無いのがゴアナ国なのだ。

かろうじて挙げるなら、4大国にしかない「移動魔法陣《まほうじん》」や「領土の広さ」「治安の良さ」くらいだろうか。

その「治安の良さ」も今となっては、なくなりつつある。

今回の処分対象を発表すれば国は荒れるだろう。

しかし、新たな国王のもとで新たな国政を進めるチャンスでもある。

懇意にしていた方々に頑張ってもらいたいものだな。

――次はゴアナ国側に招集を申込み、処罰の発表だ。

王城で一番広い部屋である「祭場の間」にゴアナ国中の貴族が呼び集められた。

壇上《だんじょう》には、ゴアナ国の上層部とモンスタービート会議参加国の代表者達が並び、「祭場の間」全体の壁際《かべぎわ》には各国の調査団やその護衛という名目の騎士が立ち並んでいる。

集められたゴアナ国の貴族たちは、それぞれの派閥で固まり情報交換《こうかん》を行っているようで、ざわついている。

壇上にいる我々に怒りの眼差しを向ける者。

一見穏《おだ》やかに見えるが、目の奥《おく》に欲望を滲《にじ》ませている者。

顔面を蒼白《そうはく》にし、絶望に囚《とら》われている者。

事態を静観し、覚悟《かくご》を決めた眼差しを向ける者。

キョロキョロと周囲を見回し縮こまっている者。

この状況を正しく理解できている者がどれだけいることだろうな……。

呆れるばかりだ……。

つい、顔に呆れが出そうになり、気を引き締めて壇下を見下ろす。

この発表の場では、私は発言をしない。

各国の皆様《みなさま》が気を遣って下さったのだ。

怒りの矛先《ほこさき》が少しでもマルナ領地から逸《そ》れるように。

本当に有《あ》り難《がた》いことだ……。

ゴアナ国からされた対応と皆様にして頂いている対応の差に、ため息が出る。

そんな私の姿を横目に、壇上の中心からある方が一歩前へ出て、皆の視線を集め、発表の場を開会する。

「お集まりの皆様。お忙《いそが》しい中ご足労頂き、感謝と略式ではあるが、ご挨拶《あいさつ》申し上げる。我らはモンスタービート会議参加国の者じゃ。此度《こたび》の緊急招集は、我らが申請《しんせい》した」

ホザ王国の代表者であるモルト侯爵《こうしゃく》が、会議に続き進行役としてこの場を仕切る。

白い髭《ひげ》を蓄《たくわ》えたおっとりとした爺《じい》に見えるが、ホザ王国では武闘派《ぶとうは》で有名な方だ。

内政干渉《ないせいかんしょう》だと騒ぎだす貴族がいるが、壇上にいる我らから侮蔑《ぶべつ》の目線を一斉に浴びると直ぐに黙る。

「先だって行ったモンスタービート会議で、重大な条約違反が発覚した」

集められた貴族たちの中で、下位で国政に通じていない者や領地から出てこない者たちから、驚愕《きょうがく》の声が上がる。

その声に負けない気迫《きはく》のある低い音でモルト侯爵は続ける。

「詳細《しょうさい》は省くが、処罰対象は『ゴアナ国』そのものじゃ。そのため、ゴアナ国の存続が危《あや》うい。南側の大国の１つであるゴアナ国を無くせば、周辺国にも影響が出るじゃろう。我らとて大国を潰して大陸中に混乱を招く事態は避《さ》けたい。よって、我ら会議参加国は条約違反に関《かか》わっている者のみに相応の処分を下し、この国を背負う皆様に誓約《せいやく》をして頂く」

祭場の間は一瞬《いっしゅん》にして重たい雰囲気に包まれ、ざわめきが増す。

議会で決定したことは、「自国で勝手にやってくれ」だ。

こちらもある程度の慈悲として待ってはいたが、罪の擦《なす》り合いやなかなか決まらない次期国王に、各国ともサジを投げた。

我らとて、王妃一派を中心とした国作りをしてもらいたい。

しかし、表だって手を貸せば内政干渉になる。

今回の処罰が実行されれば、自《おの》ずと王妃一派の力が強くなるだろう。

それまでは国内がゴタゴタするだろうが、自国内の勢力だけでのし上がらねば後々国の維持《いじ》に響《ひび》く、と各国とも考えたのだ。

何よりも、国の混乱により難民が移動してきたり救済を求めてきたりする事の方が面倒だと、各国とも暗に思っている。

ゴアナ国内の『常識』が他国では通用しない現状の中で、自分達の国に入国されれば、ゴアナ国民と自国民とで争いが起こる。

王城や各領地から上がってくる調査報告から、ラハト帝国《ていこく》・ホザ王国・イラルド国の3大国は、領土拡大や優秀な人材確保で動く様子もなく、ゴアナ国に関わりたくない態度をとっている。

ゴアナ国を取り込む事を考えた小国もあったが、こんなプライドの塊《かたまり》を取り込めばゴアナ派閥が出来、上手《うま》くいかないと判断したようで、こちらも動く気配は無くなった。

つまり、旨味がないのでチョッカイ掛《か》けないし手出しもしないが、好んで助けもしないということだ。

他国の思惑《おもわく》が見え隠れしているが、私は「新たなゴアナ国」が出来るまで静観し、その「新たなゴアナ国」と国交契約をする態勢を取ることにした。

壇上では、モルト侯爵がゴアナ国貴族たちの名を呼び、立ち位置の並べ替えを指示している。

モンスタービート討伐に参加している領地としていない領地に、まず分けられる。

そこから、今回の会議に参加したかどうかでまた分ける。

「まず、モンスタービート条約に挙げられている支援及《しえんおよ》び対価について、全領地に相応の額の罰金《ばっきん》が科せられる。そして、――――――」

会議では処罰の軽重をどうやってつけるのか、また、混乱に乗じて負債を支払わない可能性を鑑《かんが》みて、どうやって負債を支払わせるかが一番の議題となった。

そこで、討伐参加を基準にし、今回の会議への参加不参加で区切ることにした。

モンスタービートから領地を守ってもらっているとして、全領地に200年分の対価を領地の大きさにより換算。

そこに、討伐不参加の領地は、不参加の年数だけ罰金を上乗せ。

ここまでは、マルナ領地から提出された資料も参考に出来たので、話は早かった。

そして、モンスタービート会議参加者には、全員同額の罰金を上乗せ。

これで、負債の　1／3は確保が出来た。

いや、まだ1／3……。

先は長い……。

遠い目をしていると、

「そのような金額は払えません！」

「なぜ我らがこのような罰金を払わなくてはいけないのですか！」

と、顔を真っ青にして叫《さけ》ぶ者や不満をあらわにする者の声がそこかしこで上がる。

壇上の右端《みぎはし》にいたイラルド国の代表者が、発言を抑《おさ》えようと前に出る。

バァーン!!

大きな音をさせて手を打ち、怒りの形相を貴族たちに向ける。

「発言されている方々のうち、モンスタービート討伐に出向かれたことがある方はいますか？　それは毎回ですか？」

貴族たちは途端《とたん》に黙りこむ。

「モンスタービート討伐、並びに定期的な魔物討伐は、大陸中の国々の存続に関わります。そのため、２００年前にモンスタービート条約が締結されました。その条約を自分達の都合の良いように歪曲《わいきょく》し、安全な場所で高みの見物をして、恩人に苦労を押《お》し付《つ》け、恩人が受けるはずの２００年分の恩恵を掠《かす》め取っているあなた方に、罪がないとでも言うのですか？」

「それらは余りに罪深い行為《こうい》じゃ。しかも、それを罪とも思っとらん。じゃからこそ、我ら会議参加国はそなたらに自覚を促《うなが》すためにも、各領地、各貴族に罰金を申しておる。ゴアナ国以外では有り得ん事態じゃからの」

怒りの形相と侮蔑の鋭《するど》い視線を受け、顔を真っ青にしていく貴族たち。

静まったところでイラルド国の代表者はもとの位置に戻《もど》った。

それを横目で確認し、モルト侯爵は続ける。

「そして、会議での有り得ない返答を決定したこの壇上にいる上層部は、財産のすべてを罰金とする。国王は私財にあたるものすべてじゃ」

広間の貴族たちが一斉に壇上の上層部に顔を向ける。

顔面蒼白で立っている上層部の隣《となり》には、各々《おのおの》、他国の調査員もしくは護衛騎士が立っている。

その言われるがままの上層部に、事情を知らない貴族達は呆然《ぼうぜん》としている。

「何故《なぜ》なのか」「どうしてなのか」「どういうことなのか」と疑問を口にしている。

確かに、会議に参加していなければ、訳が解《わか》らないだろうな。

貴族達の方へ、モルト侯爵から威圧感《いあっかん》が溢れだした。

「我ら会議参加国はマルナ領地の扱いに大変怒《いか》りを覚えておる。モンスタービート条約の正式名称は『モンスタービート及び「アマルナ国」についての契約』と言うがそなたらは知っておるかの？　マルナ領地とアルナ領地の扱いについて、各国で契約しておるのじゃ。それを独断でゴアナ国のみが破っておる。このような国政を執《と》った上層部の責任は重い。此度《こたび》のモンスタービート会議で罪が明らかになった各貴族の爵位の降格及び剥奪《はくだつ》は、ゴアナ国で決めてもらい、今後の覚悟を問うこととする」

壇上にいる上層部は没落《ぼつらく》確定。しかも、爵位の降格もしくは剥奪つきで。

自分達が成り代わると目に力が戻っていく貴族が点々といる。

「それから、この契約には国交的優遇措置なども関係しておる。とくに、輸出入などの関税などじゃ。よって、ゴアナ国内の登録商人すべてに監査《かんさ》を入れ、輸出入に関係している年数や、商店の規模で罰金を徴収する」

驚愕の声でまた騒がしくなる。

貴族の中には商売で財産を築いている者もいるからだろう。

「すでに宝物庫半分と特務団の装備品が負債にあてられておるが、そなたらの罰金を合わせても、負債金額の半分ほどにしか到達せぬであろう。残りの負債は、これから1年間で4回に分けて国から支払われることが決定しておる」

期限つきの国の負債や負債額面の大きさに、どよめきが起こる。

「それから、此度のゴアナ国の条約違反発覚により、マルナ領地は『暫定的独立領地《ざんていてき》』となり、条約締結国《ていけつこく》を後見に『一独立国』として扱《あつか》われる事が決定しておる。そして、次回モンスタービート後までのゴアナ国の対応により、身の振《ふ》り方《かた》が決定されることとなっておるので、注意するようにの」

領地の独立という、今までに無い事に貴族たちから視線が飛んでくる。

罰金がマルナ領地のせいであると睨《にら》んでくる者や助けてもらおうと媚《こ》びてくる者など、様々だ。

（――――煩《わずら》わしい……）

眉間《みけん》にシワを寄せないよう気を付けていると、目に力がこもった無表情になってしまった。

「他、言いたいことは多々あるが『国』に言わねばならぬことじゃて、割愛《かつあい》いたす。我ら会議参加国は、罰金徴収、並びに処罰を見届けねばならぬ。それに、新たな『国王』と国交契約を確認せねばならぬため、このまま王城に滞在《たいざい》させていただく」

壇上からそれぞれの貴族の顔を見渡《みわた》した後、モルト侯爵は後ろに下がり、代わりにラハト帝国の代表者が前へ出る。

「我はラハト帝国の代表者で、罰金徴収の責任者だ。ホザ王国の代表者が挙げた罰金の他に、国の役職に就《つ》いている方々にも、給金に応じて罰金をお支払い頂く。各領地別の罰金資料、並びに、個人の罰金資料を作成してあるので、これからお渡しする」

ラハト帝国の調査団員4人が、資料を沢山《たくさん》持って代表者の横に並ぶ。

罰金の追加に貴族たちの目の色も顔色も、様々に変化していく。

「注意事項を先に説明いたす。

1つ、ゴアナ国籍《こくせき》の者は此度の負債を全額返済するまで、議会が認証する許可証無く他国に出国することを禁ずる。

これに違反した場合、命の保証は約束できぬ。

2つ、個人の罰金支払いは今日より1週間後とする。

これに違反した場合、強制徴収並びに拘束《こうそく》後、処罰追加とする。

3つ、領地の罰金支払いは、今日より1ヶ月《かげつ》後とする。

これに違反した場合、全財産強制徴収並びに領主一家拘束後、処罰追加とする。

4つ、上層部の罰金支払いは即刻行い、国内処罰決定まで拘束とする。

これに違反した場合、一族全員拘束後、処罰追加とする。

5つ、商人の罰金は今日より1週間を監査期間とし、支払いを1週間後から1ヶ月以内とする。

これに違反した場合、強制徴収並びに拘束後、処罰追加とする。

以上の5つだ。

最後に、この場で発表されたことは、ゴアナ国内はもちろんだが、モンスタービート条約締結国、並びに周辺の中小国に報告いたす」

逃げ道の無い状況《じょうきょう》にいきり立つ者が出始めた。

「祭場の間」から退室しようとする者や壇上に向かってくる者は、各国の護衛騎士達《きしたち》に押さえられる。

それを見て、幾つかの小集団になり相談を始める他の者達。

収拾《しゅうしゅう》がつかなくなりそうな雰囲気《ふんいき》になりかけた時、ラハト帝国の代表者がキレのある声で号令をかけた。

「総員、構え！　抵抗する者は捕《と》らえてよい！」

壁際に立ち並んでいた調査員達と護衛騎士達が手に魔道具を構える。

扉《とびら》や壇上に向かっていた者達は近くの護衛騎士によって、声を上げる間もなく次々に床《ゆか》に沈《しず》められていく。

それを見た者達は後退《あとずさ》りし、もとの場所に戻り始めた。

ざわつきはあるものの、恐怖《きょうふ》と怯《おび》えでおとなしくなった面々に冷たい眼差しを向けるラハト帝国の代表者。

「我ら会議参加国は、身体的刑罰ではなく、罰金を処罰としておる。客観的に申し上げて、軽すぎる処分だ。処罰対象が『国』であるため、このような軽い処罰になっておるが、抵抗するなら容赦《ようしゃ》はせぬ」

そう言い放ち、罰金資料を貴族たちに渡していく。

その際、同じ内容が書かれている誓約書に血を1滴《てき》垂らさせる。

これは、血を垂らした者の居場所を示す魔道具でもあるのだ。

会議参加国の本気が垣間見《かいまみ》える。

各領地、各個人に資料を渡し誓約書を結ばせた後、給金からの罰金資料を拘束される上層部を除いた各部署のトップにまとめて渡していた。

商人の罰金資料は、この後調査員達が一斉《いっせい》に商業ギルドに向かい会議で決定された換算式を用いて作成される。

「罰金支払い場所は、この広間とする。また、我ら会議参加国の待機場所は、移動魔法陣近くの部屋とする。移動魔法陣はゴアナ国の物であるが、負債を全額返済するまでは管理を会議参加国が行う。以上だ」

終始冷たい眼差しをゴアナ国側に向け、表情をピクリともさせなかったラハト帝国の代表。

この場での役目を終えたとばかりに、サッと壇上の後方に下がった。

そして、再度ホザ王国の代表であるモルト侯爵が前に出る。

手に通話機魔道具を持って。

「では、この場を終わらせるにあたり、モンスタービート条約締結国から各地に宣言いたす。

此度のモンスタービート会議において、ゴアナ国の条約違反が発覚した。

それにより、マルナ領地は『暫定的独立領地』となったため、国と同じ扱いとする。

また、ゴアナ国は条約違反により、多額の負債が発生した。

これにより、財産の流出を防ぐため、無許可でのゴアナ国籍者の出国を禁ずる。

無許可の出国の場合、命の保証は無い。

そして、負債返済のため条約違反に関係している者達に罰金を科す。

その罰金を期限迄《まで》に支払《しはら》わなければ、強制徴収及び拘束後、処罰追加とする。

以上が、モンスタービート会議で決定された。

ゴアナ国の信用が回復するか、負債を全額返済するまで、モンスタービート会議参加国は実行及び見届けをする。以上じゃ」

まさかの各地への宣言に、貴族から罵声《ばせい》が飛ぶ。

「領税を取り立てるのに抵抗される」「各地で反乱が起こる」と。

その騒ぐ様子を、壇上の各国代表や壁際の調査員・護衛騎士達は侮蔑の眼差しで見つめる。

「それぐらいのことをお前らはしているのに、解らないのか」

と。

冷気と威圧に気付いた者から段々と口を閉ざし、数分で広間に静寂《せいじゃく》が戻る。

「では、処罰発表を終わりとする」

モルト侯爵の言葉を合図に、「祭場の間」の扉が開かれた。

懇意にしている貴族の方々を探して目線を動かす。

私なりの彼《かれ》らへのエールに気付いて下さっているだろうか。

通話機魔道具まで使って国内に現状を広めたのは、彼等《かれら》なら市井《しせい》を味方につけられると踏んだからだ。

我先にと扉から退室しようとする者達のなかで、こちらをじっと見つめる視線を幾つか見つけた。

（――後はあなた方の腕次第《うでしだい》ですよ）

5秒程《ほど》視線を合わせた後、相手は背を向け退室していく。

――side　レミーナ――

いきなり、大音声で放送が始まった時は、マジでびっくりした。

ちょうど、野営の心得なるものを教わるために『魔の森』近くにいたので、あの時は魔《ま》物《もの》が出てきやしないかと、場に緊張《きんちょう》が走った。

兄からゴアナ国の様子を聞いた後、私はいつもの生活に戻った。

国境線辺りは緊張感があるが、私は領政に携《たずさ》わっている訳でも働いている訳でもないので、することがハッキリ言って無い。

勉強中に、愉快《ゆかい》な仲間たちの1人が「旅行し放題ですね」とこぼしたことが切《き》っ掛《か》けで話が盛り上がり、野営の勉強をすることになったのだ。

まあ、渋《しぶ》る皆《みな》を誘導《ゆうどう》したと言えなくはないけどね。

だって、この前の野営楽しそうだったから。

あの放送がゴアナ国内に流れたことで、国民全体に事態が説明された感じになったのかな。


一気に国民の混乱が始まったみたいで。

うちのマルナ領地にも逃げて来た人がいたみたいだけど、入国拒否。

事情を説明して、お帰り頂いたみたい。

知らなかった事をいきなり知らされて、混乱しているとはいえ、逃げるって。

命の保証は無いと宣言されてたのに、よく逃げようと思ったな。

これ、貴族達もやらかすんじゃないかと、思うんだけど。

ま、なるようにしかならないか。

ここ数週間、続々とゴアナ国から返済金や物資？　が届いてくるので、罰金徴収はそこそこ上手くいっていると思われる。

返済金や物資が領地内に分配され、いきなり金持ちになったうちも、領民達も、嬉《うれ》しいよりも戸惑いの方が強い感じになっている。

だって、使うことが無いんだもん。

10年に1度のモンスタービート発生があるもんで、豪華《ごうか》な家を建てても破《は》壊《かい》されるし、豪華な調度品や家財道具を揃えても破壊される。

そんな感じで、あんまり物を買わないんだよね。

贅沢《ぜいたく》しないうちの領民、マジ素敵。

そんな中で、唯一《ゆいいつ》好んで買っているのが、武器・防具。

さすが戦闘《せんとう》領民！

国交的優遇措置のお陰《かげ》で、大国からの輸入品が今までよりも安く種類も豊富に増えているから、選び放題。

しかも、兄や父の宣伝？　のお陰か、各国からうちに魔道具を買いに商人が来るので、露《ろ》店《てん》が増えて前より領地が賑《にぎ》やかになってるし。

各国の名産品や特産品を領地で見られるようになるとは。

なんて素敵！

どうせなら現地に見に行きたい！

そんな想《おも》いを心に灯《とも》して生活している今日この頃《ごろ》。

ゴアナ国との関係性はまだどうなるか解らないけど、モンスタービート条約が在る限り、
マルナ領地は条約に守られ続けることは確か。

これからも守ってもらえる領地であるように、父や兄に頑張《がんば》ってもらわなくては。


私はまだまだ冒険者を諦《あきら》めてはいない！

先《ま》ずは他国へ旅行でもしようか！

◆幕間　それぞれの明日

――特務団員の分かれ道――


モンスタービート会議中、魔物討伐《まものとうばつ》は各地で通常通り行われていた。

そして、王都の特務団の詰め所でも、書類業務や報告会議など、通常通り業務が行われていた。

しかし、ある日を境に、休みのはずの隊長クラスが慌《あわ》ただしく揃《そろ》って出勤し始める。

王都の詰め所に勤務している者だけでなく、各森林近くの監視小屋に勤務している隊長クラスも呼び戻されていた。理由を知らない団員は首を傾《かし》げながらも、通達が無いため通常業務に励《はげ》んでいた。

そんな中、モンスタービート会議終了《しゅうりょう》直後、王都の詰め所所属の出勤者が集められる。

王都勤務の副団長と隊長クラスが、何故《なぜ》か横一列になって集まってきた団員たちを迎《むか》える。

その表情は硬《かた》い。

団員たちも揃っている上司の面々に、何事かと困惑と緊張が走る。

団員たちが集まったところで厳しい顔をして副団長が言った。

「重大な発表がある。モンスタービート会議にて、ゴアナ国の条約違反《いはん》が判明。魔物討伐に関わってきた我ら特務団にお咎《とが》めは一切《いっさい》無く、むしろ報賞が出るそうだが、ゴアナ国自体が各国から不信の念を持たれた。そして、ゴアナ国内の魔物討伐に関しては、委託《いたく》管理という形で、暫定的独立領地となったマルナ領地が全権を持つこととなった」

副団長の言葉に「どういう事だ」「なんだそれは」と疑問の声が返された。

野太い、凄《すご》みのある声があちこちから上がるが、その声を無視して副団長は続けた。

「皆に選択してもらいたい」

副団長の声が聞こえた前列から声が静まり、それに気付いた者がまた静まり、段々と後列へ沈黙《ちんもく》が広がった。

「いいか。次の3つからの選択となる。1つ、マルナ領地で特務部隊として今までと同じ仕事をする。2つ、ゴアナ国で特務団員のままでいる。3つ、他の仕事につく」

団員の誰《だれ》かが「代わり映えのない選択肢《せんたくし》じゃねぇか」と言った途端、シリアスな雰囲気から一気にダレて呆《あき》れた空気が漂《ただよ》い始めた。

そこへ、先程《さきほど》よりも低く重い声が響《ひび》いた。

「ただし、ゴアナ国は条約違反に関する処罰《しょばつ》や巨額の負債返済がある。国が潰《つぶ》れる程のな」

その場の全員の動きが止まった。

そして、錆《さ》び付いた鉄のドアのように、ギギギギギと音がしそうな程のぎこちなさで副団長の顔を、隊長クラスの顔を見ようと首を動かす団員たち。

副団長の言葉が信じられず、口が開きっぱなしの者や目が点になっている者、目が落ちそうなほど見開いている者など、唖然《あぜん》とした表情が多い。

副団長や隊長たちの真剣《しんけん》な顔を見て、本当の事だと理解すると、唖然とした表情のまま口々に「マジで?!」「えっ?! この国潰れんの?!」と呟《つぶや》き始めた。

そして、実感が湧《わ》いてくると、顔が青ざめ始める。

自分達《たち》の所属も生活基盤もゴアナ国であるため、混乱に巻き込まれる事に気付いたからだ。

ブツブツと呟いていた声が途切れた合間に、副団長の声が発せられる。

「そうだ。この国はこれから荒れる。ゴアナ国は、恐《おそ》らく治安が悪化し、物価が高騰《こうとう》するだろう。そのきっかけはモンスタービート会議だ。たとえ国が悪くても、モンスタービートに関わりのある我らに、国中から非難がくるかもしれん。この先、我らは混乱の渦中《かちゅう》に必ず巻き込まれる」

いきなり国が潰れると言われ唖然としているところへ、混乱の中心に自分達は居ることを知らされ、何がどうなっているのか、これからどうすればよいのか、思考が混乱している団員たち。

口を閉ざし顔色を悪くして頭で色々と考えている様子だが、幸先《さいさき》のわるい不安や絶望に重たい空気となった。

「だから、各々自分の意志で選択してもらいたい。マルナ領地へ行くのか。ゴアナ国に残るのか。他国へ行くのか」

誰もが口を開かず沈黙が続く中、太股《ふともも》を指でトントン叩《たた》く音、頭を抱《かか》える仕草で出る服の擦《こす》れる音などの、物音だけが聞こえる。

この国の行く末を想像したり、選択肢分の自分の様々な未来を考えたりして、思考の波に飲まれている団員たちは、疑問や質問をする様子が見られない。

ゆっくりと考えて、納得《なっとく》した選択をしてもらうためにも、さっさと話を終わらせようと副団長が口を開いた時、手が上がった。

「あ……ぁのう……」

震《ふる》えた小さな声。上げた手も小刻みに震えている。

集団の中程に居るためか、本人の身長が低いためか解らないが、副団長からは顔が見えない。

緊張からか、少し高い音だが、若い者の声のようだ。その声を振り絞って支《つか》えながら質問をした。

「ぁ、きゅ、急な事なので、ちょ……少し混乱していますが、ぁのう……情報がすっ、少なすぎて決められません。み、３つの選択肢のメリットとデメリットとか、な、何か条件とか、……あ、ありますでしょうか」

副団長から、モンスタービート討伐《とうばつ》に赴《おもむ》く前のような張りつめた緊張が漂い始める。

その様子に、団員たちにも緊張が伝播《でんぱ》していく。

「そうだな。情報が少なすぎだな。それでもお前たちは顔色を悪くしているだろう？　なら、多い情報ならどうなる？　パニックだ」

鋭い眼光に、団員たちは足がその場に縫《ぬ》い付けられたような感覚になり、息をごくりと飲み込む。

余りの迫力《はくりょく》に身動きも出来なくなる。

「数日後には王城中で話題になるだろうが、今言った事は、モンスタービート会議内容に触《ふ》れる事だ。これ以上の情報は出《だ》せん。むしろ、破格の情報だ。何せ、今のところ機密事《じ》項《こう》と言っても差し支《つか》えない内容だからな」

苦い顔をしながら言った後、副団長は目線を下げた。

「だからこそ、モンスタービート議会から許可が出るまで、ゴアナ国の事は家族にも話すな。それがまず、前提だな。条件としては、今のところ、マルナ領地もしくは他国に行けるのは特務団所属の者のみということだ。メリットデメリットは、各自で考えろ。団員同士なら相談出来るだろう」

ゴアナ国が潰《つぶ》れるかもしれないのに、家族には言えない。

しかも、助かる手段は今のところ特務団員である自分のみにしか無い。

そんな無情な現状に、家族持ちは沸々《ふつふつ》と怒りが湧《わ》いてくるのか、顔が赤くなる。拳《こぶし》を握り、耐えている者もいるが、怒りを露骨にぶつける者も出始める。

「嫁《よめ》や子供はどうすんだよ！」

「そうだよ！　国が潰れるって言ってんのに、置いてけって言うのかよ！」

副団長をはじめ、各隊長クラスは団員の叫びを真剣な表情で受け止める。

彼等《かれら》とて、団員たちと同じ気持ちなのだ。

団長とオルコに、命令・通達をされた時に同じことをぶつけたのだ。しかし、マルナ領地の議題の事について説明され、「家族たちの安全ひいてはゴアナ国をモンスタービートから一番守っているのは何処《どこ》か」と他国の代表の方々に聞かれたときに、納得せざるを得なかった。

特務団に居ても、生活基盤がゴアナ国であるため、基本的な常識はやはりゴアナ調なのだ。

非難の嵐だったが、副団長達が何も言わない様子に、

「そういえば、副団長も嫁さんと子供が……」

と、副団長達が自分達と同じ立場であることに団員たちも気付き始めた。

すると、自分達の気持ちが解るはずなのに、何故こんな無情な事が通達されたのかと、今度は質問が飛び交った。

そんな団員たちの様子を眼前にしながら、副団長の頭の中には、他国の方々から通達の説明を受けた後の事が思い出されていた。

元々は、マルナ領地出身の特務団員だけに選択させる案だったが、そこは団長とオルコが魔物討伐及《まものとうばつおよ》びモンスタービート討伐の範囲《はんい》や規模を理由に、人数を拡大させたのだ。

その上で、団員の家族だけでなく、元団員たちやその家族もなんとかゴアナ国から脱出《だっしゅつ》できるような案も考えてくれている。

それをイラルド国の代表者に温かい笑《え》みと共に聞かされた時には、副団長・隊長クラス

達は団長とオルコに文句を言った事を土下座して謝《あやま》り、そして、手を尽くしてくれている事に感謝した。

その時の場景を思い浮《う》かべながら、団長とオルコの心情は本当のところどうなのか、ふと副団長は気になった。

団員の家族とはいえ、安全な場所で生活し、魔物討伐にもモンスタービート討伐にも参加していない者だ。

マルナ領地では、老若男女問わず全領民があの壮絶《そうぜつ》なモンスタービートを体験する事を考えると、我らゴアナ国民は今まで本当に恵《めぐ》まれていたのだと申し訳なくなった。

それが少し顔に出てしまったのか、質問を投げかけていた団員たちが副団長の申し訳なさそうな表情に戸惑《とまど》って静まる。

それを良いタイミングに、口止めもしているし話せるところは話して納得させるか、と副団長は団員たちに伝え始めた。

モンスタービート条約の本質部分。

それに対するゴアナ国の今までの対応。

家族たちの安全ひいてはゴアナ国をモンスタービートから一番守っているのは何処か。

職業選択の人員を拡大して下さっている事。

団員の家族だけでなく、元団員たちやその家族にも案を考えて下さっている事。

ひとつひとつ簡潔に話が進むにつれ、団員たちの頭が1つ……また1つ……うつむいていく。文句を言える立場ではないのだと理解し始めたのだろう。

その様子が目に入って、副団長もスッキリした顔で締《し》めくくった。

「っと、まあ、そういうことだ。団長やオルコ殿《どの》に感謝だな。今話した事も当然口外無用だ。返事の期限はまあ、あって無いようなもんだが、一応3ヶ月だ。即刻返事が出来る者は少ないかもしれんが、決めたら俺《おれ》に言いに来てくれ。通常業務は停止だ。代わりの業務については、各隊長クラスに聞け。以上だ」

ざわめきと戸惑いで溢《あふ》れている中、副団長はさっさと自分の執務室へと戻っていった。

各隊長クラスも、言い付けられている業務を整理すべく、自分の執務室へと戻っていく。

団員たちは余りの衝撃《しょうげき》の事実を知らされ、その場から動けない者が多数。「どうすりゃいいんだ」「さっきの話ってマジで⁈」と、自分の未来を決める選択に困惑《こんわく》し、ゴアナ国の現状に呆然としている。

王都に勤務している彼等は、貴族や王都周辺の出身者が多い。そのため、王城からモンスタービート会議の内容が噂《うわさ》として流れ始めたら、情報確認《かくにん》のため貴族やあらゆる方面から問い合わせが来ることに気付いているだろうか。

そして、王都が一番混乱する場所であることも。

――あるマルナ領出身者――

副団長からの突然の通達には、確かに唖然とした。

なにせ、国が潰れるんだもんな。は？　ってなるわ。

だけど、モンスタービート条約の本質とゴアナ国の今までを聞いたら、俺には自業自得《じごうじとく》だなとしか思えない。

むしろ、ざけんなよ！　って怒《いか》りが湧いてくる。

魔物が領内に出てくるのは普通《ふつう》だと思ってた。

小せぇ頃《ころ》から親父《おやじ》や近所のおっさんに剣《けん》や弓の手解《てほど》きを受けて、領内に出没する魔物の討伐によく参加させてもらってた。

15で体験したモンスタービート討伐は、砦《とりで》の外壁から弓矢で射るだけで、結構安全な場所だったにも拘《かかわ》らず、恐ろしくて震えた。あんな魔物の大群を見たのは初めてだった。恐怖で、カタカタと体が勝手に震え、呼吸が浅くなってハッハッと運動もしてないのに息切れした。野太い気合いの声や怒声《どせい》、悲鳴、叫《さけ》びと共に聞こえる魔物の断末魔《だんまつま》の鳴き声や吠《ほ》え声。怖《こわ》くて、怖くて、弓を射っても震えから上手く飛ばず、役に立たなかった。

喧騒《けんそう》がおさまり、後処理に連れて行かれたときは、むごい光景に何度も吐《は》いた。

人も魔物も地面に倒れているものは、ぐちゃぐちゃだった。

今でも、思い出したら気分が悪くなりそうなくらいだ。

亡《な》くなった者たちの葬儀《そうぎ》も、魔物の処理も終わらせたら、今度は自分ん家《ち》を建てなきゃならなかった。

自分が住んでた村も、隣の村も何にも無くなってた。

畑も家も家財道具も、どこにあったのかすら解らなくなるほど、戦闘で凹凸《おうとつ》や汚《よご》れた地面がただ目の前に広がっていた。

ありゃあ、愕然《がくぜん》とした。一から村を、町を作るんだからな。

じいさんや、親父の兄弟、ダチ、近所のおっさん。

身の回りの誰かしらが魔物やモンスタービートの討伐で犠牲《ぎせい》になった。

畑や建物が魔物に壊され、修復し、また壊される。

それが当たり前の環境《かんきょう》だった。

家も、畑も、家財道具も、全《すべ》てが無くなり、そして、知り合いや家族が亡くなる。

それがどんなに悲しいか。どんなに辛《つれ》ぇか。どんなに虚《むな》しいか。

モンスタービートを経験しなけりゃ、わかんねぇだろうな。

その悲しさ、辛さ、虚しさに対しての詫《わ》びか、全財産が無くなったことに対しての支援《しえん》か、よくやってくれたっつう褒美《ほうび》か、よく解んねぇが、給料やマルナ領主からの支給金とは別に国からの手当も出るはずだったって聞きゃあ、怒りも湧いてくる。

バルフェさんは――こう言ったら王都じゃまず怒《おこ》られるが――、支給金が少ないことを詫びて、領主自ら率先《そっせん》して村や町の整備工事に参加された。息子《むすこ》のオルコもだ。

お偉《えら》いさんたちは、領城――どっちかっつうと大邸宅《だいていたく》みたいな感じだな――を直したら、揃いも揃って自分達の家よりも、領民達の家を建てることを優先させてた。

モンスタービート討伐には来てくれたのかもしれないが、よく思い出してみりゃあ、領地の復興には国からの手伝いも支援金《しえんきん》もほぼ無かった。手伝ってくれたのは、特務団ぐらいだったし。

こうなりゃ、嫁も恋人《こいびと》もいない俺は、さっさとマルナ領地に帰るか。親も喜ぶだろうし……いや、二十歳《はたち》にもなって、恋人が居ないのを嘆《なげ》かれるかも……。

とにかく、副団長の執務室に行って言うか。

副団長の執務室の前には、俺と同じようにマルナ領地に帰る宣言をする者達がいた。

ゴアナ国では不人気な特務団だが、マルナ領地では大人気の就職先であるため、ほとんどのマルナ領出身者が我先にと押しかけていた。

まあだいたい、バルフェさんに憧《あこが》れてとか、日ごろから魔物討伐してるからちょうどいいとかで特務団に就職してる者が多いからな。マルナ領出身の団員は。

じゃあ、さっさと俺も宣言を。

「副団長、自分はマルナ領地に帰ります」


――ある貴族の三男の場合――


……国が潰れるって。

うちの家ヤバイんじゃないかな。

でも、言っちゃいけないしな。どうするか……。

……いいか。マルナ領地に行くか。

家の繋《つな》がりを広げるために生きろ、次期当主のスペアですらない三男だから家には迷惑《めいわく》をかけるな、と教育され、政略結婚《けっこん》の駒《こま》にされそうだったのを特務団に所属して回避《かいひ》したもんだから、今や俺は家族からは身内として扱われてないし。

特務団は、貴族からすると「危険・キツイ・汚《きたな》い・気持ち悪い」の四拍子揃ったハズレ職業だ。

騎士《きし》総団の入団試験には喜色満面だったくせに、特務団所属になった途端《とたん》に出ていけコールが親戚《しんせき》中からも来たしな。

もう、家族とは言えないだろう。

心機一転、マルナ領地で頑張るか。

金が無くなったときだけすり寄ってくる身内も面倒《めんどう》くさいし。

この際、お互《たが》い自立するべく、離《はな》れるのが一番だな。

「俺、マルナ領地に行きます」


――――ある貴族の長男の場合――――


ふむ。バルフェさんキレたな。

聞けば聞くほどゴアナ国に呆れるばかりだ。

俺の領地は、モンスタービート討伐に部隊を派遣《はけん》しているし、マルナ領地とも友好的な関係を築いているから、あの領地の悲惨《ひさん》さをよく知っている。

本来、国から出すはずの支援金も無く、今までよくもったなと思うほど、領地経費の支出のやりくりが本当に素晴《すば》らしい。

ただ、領地の混乱はな……。

これは父上に相談せねば。

モンスタービート会議に参加していなくとも、王都には来ているだろう。

父上から、バルフェさんに探りを入れてもらえば、今聞いた情報をだしても大丈夫《だいじょうぶ》だろう。

まずは、モンスタービート会議決定事項の詳《くわ》しい内容を知らなければならないな。

うーむ……国を残すなら、借金まみれを覚悟《かくご》の上でないといけないか。

しかも、モンスタービート条約に基《もと》づいた国作りも必要になる。

金髪《きんぱつ》至上主義よりも討伐至上主義に変換《へんかん》か……。

こりゃ、確かに混乱するな。

今までの価値観が一気に下落、野蛮《やばん》だの汚いだの言われていた魔物討伐仕事が、重要な国際的任務だからな。

今この国で一番のキーポイントは「討伐参加」だろう。

モンスタービート討伐参加領地と結束したら、この国の上層部にのし上がれるのではないかと思うが、国を残すより俺達《おれたち》も独立した方が、領地被害《ひがい》が少なくて済むような気もするな。

まあ、まずは、父上に探りを入れてもらおう。

「ロン。お前長男だったな。どうするんだ？」

その前に、他の貴族子息と情報交換《こうかん》だな。

「ああ、俺は父上に相談しなくては、まず国から離れられないからな」

「そうだよな。俺は四男だし、身内からどうでもいい扱《あつか》いだから、迷っている」

「自分の未来を決めかねない重要な決断になると思うから、じっくり考えた方がいいな」

「？　どういうことだ？」

「モンスタービート会議で決定されたということは、国際的にこの国が悪いという認識《にんしき》になっているのは解《わか》っているな？　なら、その国に所属しているだけでも、国際的にはいい印象が無いようなものだからな。そこに、限定的に良い印象を持たれているのは、魔物討伐参加者だ。俺達はその枠《わく》に入っている為に、他の貴族や国民よりもはっきり言って待遇《たいぐう》がいいのかも知れないぞ。恐らく俺達以外は国外脱出が出来ないということだろう」

「そうか。そうなれば、身内や市民から嫉妬《しっと》の嵐だな。しかも、国の借金があるから税金が上がるか……」

「恐らくな。ちょっとやそっとの借金じゃないから、国が潰れると言ったんじゃないか？

副団長は。そう考えると、貴族もだろうが、それよりも一気に国民が貧しくなる。物価高騰ってことは、略奪《りゃくだつ》やら盗難《とうなん》やらがあふれて治安も悪化するだろう」

「うわ〜ぁ……この国終わってんね……」

「……そうだな……」

「ああ、だからか。俺らに選択させるの」

「何がだ？」

「この国に残って国を建て直すのに尽力《じんりょく》するか、マルナ領地で魔物討伐に尽力するか、他国に行って心機一転新生活を始めるのか、ってことだろう？　まあ、俺も、もうちょっと考えてみるわ」

「ああ、そうか。俺も考えてみるよ」

話していた同僚《どうりょう》は、少しすっきりした顔をして離れて行った。

魔物討伐者への温情を考えると、少し甘《あま》いんじゃないかと思ったが、自分たちで未来を決めさせるというのは、とてもバルフェさんらしい。

だが、魔物討伐に全く関《かか》わっていない者達と、モンスタービート討伐に参加している俺《おれ》等《ら》が同等に扱われるのは、少し癪《しゃく》に障《さわ》る。ここら辺も、父上に探りを入れてもらわないとな。

まあ…………。

（――国に残るからと言って、建て直しに尽力するとは限らないけどな……）

――ゴアナ国その後――

「条約違反宣言」の放送日から、数日が経《た》ったある日のこと。

王都では、庶民《しょみん》の間で噂が広がっていた。

「ちょっと聞いたかい？」

「何ですか？」

「ほら、ジールさんとこだよ」

「あぁ、喧嘩《けんか》ですか？」

「そうそう」

「あれは、どうなんでしょう……」

「どうって、一気に値段が上がってるから、しょうがないだろう？　あたしも、ちょっと安くしとくれってさんざん言ってやったよ」

「おばさん、そこじゃなくて。ジールさんブツブツ言ってたじゃないですか」

「えっ？　何をだい？」

「罰金《ばっきん》払わないといけないからどうにも出来ないって」

「おや？　そんなこと言ってたのかい？　あたしゃ知らなかったよ」

「私も昨日、人から聞いたんですよ」

井戸《いど》のそばで、洗濯物を抱《かか》えてヒソヒソと井戸端《いどばた》会議をするぽっちゃりおば様と若そうな奥様《おくさま》。

「もしかして、アレかねぇ？」

ぽっちゃりおば様は、「アレ」を知った日を頭に思い浮かべながら言った。

「アレ」とは、条約違反宣言で言っていた「罰金」の事。

あの日は、いきなりの大音量放送にびっくりして皆動きが止まり、活気溢れる喧騒《けんそう》が絶えない王都が初めて静寂に包まれた。放送後は、不穏《ふおん》な言葉を聞いて居てもたってもいられなくなった住民が、「罰金ってなんだ！」「仕入れに行かれないんですか?!」と怒声や悲鳴を上げて役所に殺到《さっとう》し、役所前広場が騒然とした。どれだけ尋《たず》ねても、要領を得ない話をする役人に、イライラを募《つの》らせた住民の中には王城に突撃する強者《つわもの》もいた。「もしかしたら、罰金払わないと殺されるんじゃないか?!」とパニックになりかけた集団に、役人達は「追って必ず告知をするので、それまで待て！」と言って衛兵に後を任せて建物の中に消えていった。

誰もが「罰金」や「処刑」の不安を抱え、「役人が引っ捕《と》らえにくるかもしれない！」と慌てて家に帰り、扉《とびら》を頑丈《がんじょう》に施錠《せじょう》して身を震わせていたのだ。

しかし、見たことのない服装をした役人達が物々しい雰囲気《ふんいき》で向かったのは、商業ギルド。業務停止になる気配も、誰かを捕らえる様子もない。そして、役所も「適宜《てきぎ》、通達がいっている」と言ったので、結局あの宣言で言っていた罰金は、商業ギルドや慌ただしそうな貴族達に対するものだと誰もが胸を撫《な》で下ろした。

そして、「処刑」も行われている様子がないので、ひとまず命の危機は無さそうだと安心していた。

そこへ、市場に並ぶ食材や、加工物の原料、日用品など、全ての物の値段がいきなり上がった。

始めは、商業ギルドのミカじめ料が上がったのでは？　と予想して、店に抗議《こうぎ》しつつも暫《しば》くしたら落ち着くだろうと楽観視していた。

しかし、日に日に少しずつ値段が上がっていくことに、住民達は、不満とどれだけ値段が上がるのか解らない不安を募らせ、街には鬱屈《うっくつ》した空気がそこら中に漂っていた。

「おばさんもそう思います？」

「店持ってる連中がみ〜んな、一斉《いっせい》に値段をあげたからね。罰金を言われたんじゃないのかい？」

「やっぱり、そう思いますよね？」

「ただねぇ……何で商売してる者に罰金払わせるんだろうかねぇ？　あたしらの生活が苦しくなるじゃないか」

「他の街もこうなってるんですかね？」

関税未払い等を理由に、罰金を科せられた商人達は、手っ取り早くお金を作るために物の値段を上げるしかなかった。

輸入品を扱う商人は、罰金返済しなければ国境通行許可証が申請《しんせい》できず、仕入れのために出国出来なくなってしまうからだ。

国内の農家から作物を仕入れていた商人は、罰金こそ科せられなかったが、周りに便乗して値段を上げ一儲《ひともう》けしようとしていた。

もし罰金が払えなかったら、もし国境通行許可証が発行されなかったら、国内の物資で供給を賄《まかな》わないといけなくなる。

そうすると、取扱い品仕入れ不可能に陥《おちい》ったり、供給先獲得《かくとく》困難になったりして、商売出来なくなる可能性もある。

今のうちに何とかお金を確保しようと、どの商人も必死なのだ。

「どうなのかねぇ……。そういえば、行商人変わってないねぇ？」

「あ、そういえばそうですね。市場の一角の顔ぶれ変わってないですね」

まだ、罰金を言い渡《わた》されてから数日。

支払日までに返済をして、問答無用の没収から免《まぬが》れようと必死な商人達。

――彼等《かれら》の苦労はこれからだろう。

――王妃《おうひ》と側室――

王妃と元王太子のある日のお茶の席でのこと。

活気の無くなっていく王都と殺伐《さつばつ》としていく王城に、心を痛めていた王妃が、国内処分で王太子の位を白紙にされた息子を呼び、心の内を話しだした。

「そなたには、不甲斐《ふがい》ない母親であり、王妃であろう。わたくしがもう少し要領よく立ち回っていれば、そなたの王太子の位も白紙とならなかったであろうに……」

「いえ、母上のお陰で、各国の我《わ》が王族に対する不信感が和《やわ》らいでおります。私が、王太子として相応《ふさわ》しい振《ふ》る舞《ま》いが出来なかった責任ですから、母上が気に病《や》むことはありません。母上の教育を受けながら、私は迷っておりました。母上から教えて頂いたことと、教育係から教わったことの違《ちが》いに、どちらが正しいのか自信が無かったのです」

「そなたを国内の政務ではなく、外交の場にもっと参加させれば良かったのか……」

「今さら、何を言っても詮方《せんかた》ありません」

「そうであるの……」

「私は、王太子を白紙にされましたが、除外された訳ではありません。道のりは厳しいかもしれませんが、可能性は残っております。王族の責務として、苦しいこの国を少しでも良くしていけるように尽力致《いた》します」

うららかな天気のもと、心痛の面持ちで息子に話をする王妃。それに対して、何かを吹っ切ったかのように、穏《おだ》やかな表情をしている元王太子。

以前は、王妃の教育に戸惑いを抱《だ》いていた元王太子が王妃を少し避《さ》けていたので、こんな話も出来なかった。

しかし、今回の条約違反発覚により、この親子は距離《きょり》を縮め、国の未来を決める者として、同じ方向を向き出した。

王妃は国王の言動を止められなかった事を重く見られつつも、外交手腕《しゅわん》の評価がソコソコあったために、各国から同情の眼差《まなざ》しが送られた。

聞けば、国王に進言をしていたら国内の貴族に疎《うと》まれるようになったという、王妃の境遇。

この国の上層部の『常識からどこかずれている対応』を知っている各国の代表者達は、大変納得した。

「さぞや話の通じない日々だっただろう」と、皆《みな》が労《いたわ》る想いを抱いた。

しかし、この国が行ったあまりの事の重大さに、手心を加える訳にはいかなかったため、『国王に次ぐ権力者の責務』として、罰金が科せられた。

――ゴアナ国第3王子――

「どうして一度着たドレスを着ないといけないの?!　新しいのを作らせなさい!!　この前も――」

母上が侍女達《じじょたち》を怒鳴《どな》り付《つ》けている声が今日も聞こえる。

きっと服が気に入らないんだ。僕だって気に入らない。

僕の服も前と違ってゴワゴワしているから、何度も何度も侍女《じじょ》に違う服に変えろと言った。

けど、いつだったか、侍女頭と侍女達が揃って僕のところに来て説明を聞かされた。

「無いものを着せろと言われても、無理です」

と。少し前まで着ていたから絶対にあるのに、そんな嘘《うそ》をつくから。

「嘘つきは要《い》らない！　今後、僕に顔を見せるな！」

と命令した。そしたら、侍女頭は眉間《みけん》にシワを寄せて僕を睨《にら》んできた。だから、僕は睨み返して、

「少し前まで着ていたから、絶対にある！　無いなら、お前達が盗《と》ったんだ！」

と、侍女頭に言った。

僕の服が良い物だから、目が眩《くら》んだんだ！　そう思って言うと、衣装部屋に連れていかれた。

部屋の中は、あるはずの服が10着程《ほど》しかなく、ガランとしていた。

並んでいる服は、確かに僕の服だと解るが、数日前まで着ていた他の服が無くなっている。

僕の服がこんなに少ない訳がない！　もしかしたら、僕の服を下賜《かし》された者の衣装部屋かもしれない。

「これがどうした？」

「ですから、ここが第3王子様の衣装部屋です」

「そんなわけがないだろう!!」

「いえ、ここが第3王子様の衣装部屋です」

「なら、僕の服をどこにやった!!」

「ですから、これで全てです」

絶句した。どうして僕の服が無くなっているのか、僕の物を誰が盗っていったのか、なぜなのか、解らなかった。

王子である僕の物を、勝手に盗っていくなんてまず有り得ないことだ。

「…………」

目を見開いて、服を凝視《ぎょうし》していると、

「解っていただけましたか？」

と、侍女頭が目を細めて言った。解るわけがない。

どうして無くなっているのだ!!　僕の物だ!!

盗ったヤツを見つけて、処罰しなければ!!

手を握《にぎ》りしめ、怒りで胸が焼けそうになっていると、冷たい視線と厳しい口調で侍女頭が続けて言った。

「……本当にお母様にそっくりで、瓜二《うりふた》つでございますね。第3王子様もご存知とは思いますが、この国が条約違反《いはん》をしておりました。その責任を負って、国王様や宰相《さいしょう》様など国の中枢《ちゅうすう》を担っていた方々は処罰されました。その他にも多くの方々に処罰が下されております。その処罰で、側室の皆様《みなさま》も王子様方も財産を没収されております」

「なっ?! そのようなこと、知らぬ！」

「未成年の王子様方の場合は、母親、つまり側室の方々にお話がされております」

「……母上に？」

「左様でございます。側室様と王子様の会話に、私たちは関与できませんので、もしかしてご存知無いのかと思いましてご説明いたしました。ご覧頂ければ、すぐにご理解いただけることと思います」

僕は何も言えなかった。母上から教えて頂いてないなんて言えなかったし、僕のプライドが許さなかった。

それに、侍女達の冷たい視線が僕の心を凍《こお》らせていく。今まで、こんな面と向かって冷たい視線を浴びせられたことはなかった。

僕が怒ったり怒鳴ったりしたら、謝罪して赦《ゆる》しを請《こ》うのが当たり前だったのに……。

そして、僕は侍女達の態度が以前と少し違っている事に気付いた。

僕をひとつも「恐れ多い」と思っていないのだ。

金切声《かなきりごえ》を上げている母上は、気付いているだろうか。

側室達《たち》の罰金だが、検討中、マルナ領主の表情を崩《くず》させる出来事があった。

当初、「側室は王の私財の一部ではないか？」という、ある国の過激な発言のもと、財は全て接収する動きであった。

王子達は乳母《うば》や教育係りが育てているため、特に母親を必要としていないし、側室自身が国政に携《たずさ》わっている様子もないので、側室達は家との結び付きとただ子供を産むためだけの存在であった。

しかも、国内処罰《しょばつ》で、国王は恐《おそ》らく王位剥奪か処刑されるだろうと考えていたので、役職も持っていない彼女達《かのじょたち》は罪人である元王の側室になる。

たとえ『未来の国王の御大母《ごだいぼ》』になるかもしれないと言われても、各国は揃《そろ》って言うだろう。「ならその責任を今とれ」と。

じゃあ、財をまるっと没収しますか？　という雰囲気の中、「その考えだと……側室自身もですよね？」と誰《だれ》かが突っ込んだ。

その瞬間《しゅんかん》、皆の動きがピタリと止まり、頭の中には『冷笑《れいしょう》しているマルナ領主が断固拒否する姿』が思い浮かんだ。

そろ～っと本人の顔色を窺《うかが》うと、大っ変渋《しぶ》い顔をして側室達の受け取りは拒否された。

結局、『王の私財』と『未来の国王の御大母』の間をとり、生活出来る分だけの家財道具――下級貴族並み――を残して、没収することになった。


――貴族会議――


国内処罰執行後《しょばつしっこうご》に、貴族会議が開かれた。

モンスタービート議会による領地・個人の罰金徴収後、ゴアナ国貴族達は、いきなり負債を負わされた鬱憤《うっぷん》を晴らすかのように、怒濤《どとう》の勢いで上層部を処罰した。

怨《うら》み辛《つら》みがかなり込められた処罰決定会議では、処刑を求める声が沢山《たくさん》上がった。

しかし、引き継ぎの問題を考えて、結局、役職や爵位の剥奪・爵位降格となった。

ただ、今後は国民の怒りを一身に負ってしまうため、処刑されなかったことが良かったのか悪かったのか……。そう、彼等は国民への人身御供《ひとみごくう》でもあるのだ。

そうしてゴアナ国は、国王や各部署長・評議会議員が揃って空席となった。

その空席を埋《う》めるための国王・上層部の選出は、本来は国の中枢を担《にな》う役職者や評議会の面々で行われるが、処罰で人数がかなり欠けたために、いつもは呼ばれない各領主並びに領地を持たない貴族達も集めるだけ集められた。

ぶっちゃけ、責任が取れる爵位を持つ人員が足りなくなったから、呼ばざるを得なくなったのだ。

初めて呼ばれた者の中には、自分の意見を言えるチャンスとばかりに、会議開始と同時に現状報告と怒りの発言をしようと考えていた者がいた。

ただ、同じ事を考えた十数人が一斉に発言したので、会議開始から誰が何を言っているのか解らない状態になってしまう。

しかし、各人ともお互《たが》いに順番を譲《ゆず》ろうとはせず、むしろ、俺の意見を聞け！　とばかりに声を張り上げていく。

見兼《みか》ねた人が注意すると、今度はその注意をした人に文句をぶつけだし、あちらこちらでケンカの言い合いになり始めた。

「負債の額が大きすぎて、我々も領民達も生活が苦しくなるのは当たり前でしょう！」

「なっ！　その様なことを言っているのではない！」

「皆様、席にお座《すわ》りください！」

「さっきから、金を返せだの！　重役になる人間は借金を減らせだの！　負債額が少ない領地に対して不正をしただの！　愚痴《ぐち》と八つ当たりばかりで何一つ建設的な話し合いになってないではないか！　今は、この国の今後を担う王と重役を推薦《すいせん》しなければならないのだぞ！」

「いきなりの罰金徴収で、領地が困窮《こんきゅう》に陥っている事はこの国の今後に関係無いといわれるのか?!」

「私は、国政策への決定権を持っていない者達が、なぜ莫大《ばくだい》な負債を領地並びに個人で負わなければならないのかが、不当だと抗議しているのだ！」

「今までの国の失態をカバー出来る手腕と国際的評価を持っている事が絶対条件だと思われますが、どうお考えですか？」

「皆様、席にお座りください!!」

「ですから！　議題に関係無い発言は控えた方がよろしいと申しているのです！　貴方はきちんと国際的処罰の内容を理解されよ！」

「モンスタービート議会から提示された各領地・各貴族別の負担は、各々《おのおの》に対する国際的評価だろう！　自分達の立場を今一度考えて発言されてはいかがか！」

「◇$¥＊%◎※☆△！」

「$ー¥∧※▼★●△〓∋¥¢%！」

一生懸命《いっしょうけんめい》着席を促《うなが》しているのは、進行役。いくら声を張り上げても、感情的になっている者達へは届かない。

半泣きになりながらも、己《おのれ》の任務を遂行《すいこう》しようとする姿は……可哀想になってくるほどだ。

それにひきかえ、自分の意見を披露《ひろう》する者達の多いこと。

負債返済で精も根も金も尽き果てた貴族は、自分の生活や領地の経済状況《じょうきょう》が苦しいから国が支援しろと訴《うった》える者が多かった。

彼等は、とにかくお金がないのでそこを誰かにどうにかしてもらいたいと思っている、所謂《いわゆる》他人任せの者なのだ。しかも、1人が言えば、「自分も支援してもらいたい」と便乗して声を上げる者が増えていく。

また、「不当だ」と喚いている貴族は、モンスタービート議会から請求された負債に抗議をしてはどうかと訴えていた。彼《かれ》らは、ぬるま湯に浸《つ》かり傲慢《ごうまん》さや自分勝手さを無自覚に育てているため、自責の念がないから「払わなくてもいいんじゃないの?」と言っているのだ。

そして、国際的処罰を受け止めている貴族は、議題に関係無い訴えに反論を言っていた。

ただ、話し合いの邪魔《じゃま》になるから注意をしているのだか、相手があまりにも分からず屋なため、どんどんヒートアップしてしまい口調がキツくなってしまっている。

言い合いになっている彼等は、根本的な価値観や思考力が決定的に違っていて、話が通じないのだ。

それぞれが訴えや反論など思いをぶつけ合っているなかで、マルナ領地に隣接《りんせつ》している数人の領主達が、「そろそろいいのでは」とお互い目配せをし始めた。

「少し宜《よろ》しいですか？」

「支援しろ」ＶＳ「不当だ」ＶＳ「邪魔だ」の言い合いを白けた目で見ていた、マルナ領地の次に「魔《ま》の森」に近い領地を持つフール領主が、スッと右手を上げた。

自分の意見を言うことに夢中になっている者達は、当然気付かずに声を張り上げ口を動かし続けていたが、国王・上層部の選出について真面目《まじめ》に意見交換していた者達が口を閉じ、フール領主の顔を見つめる。

多人数が同じ方向を見ていると、そこに何があるのか気になって見てしまうのが人間の性《さが》で、口を動かしていた者達も振り向き始めた。

「皆様、ご意見がお有りのようですが、この場は国王・評議会議員・各部署長の選出が最優先事項《じこう》ですので、そのお話をしませんか？　支援要請《しえんようせい》や負債見直し請求は、また違う機会に話し合いましょう？」

苦笑いを浮《う》かべて子供に言いきかせるように柔らかく言われると、関係のない話をしていた者達は、フール領主から目を逸らしたり、顔を赤くしたりして、口を閉じて着席した。

フール領主は、その様子を「良くできました」と笑顔《えがお》で見守り、話を続けた。

「皆様の訴えは、国王・評議会・上層部の承認を必要とする事案です。現在その役職は空席ですので、実現はまず不可能でしょう。ですから、実現可能にするためにも、その空席を早く埋《う》める話し合いをしましょう」

フール領主は、会場にいる貴族達にニコニコと笑顔を振り撒《ま》いて柔らかく皆を諭《さと》し、ピリピリした空気から話し合いのできる雰囲気へと変えた。

そして、そのまま進行役へ目線を滑《すべ》らし、会議の進行を促した。

「んっんう！　ありがとうございます」

進行役は目に溜《た》まっていた涙《なみだ》を拭い、気合いの咳払《せきばら》いをした。

「国王・評議会議員・各部署長の選出が議題です。まず、優先順位、選出条件、選出期間、選出決定日、また選出決定までの業務遂行形態などを決める必要があり、またそれぞれを話し合う期限」

「そんなまどろっこしいことせずに、今すぐ投票でもすればいいんじゃないのか」

「さっさと決めればいいのに」

「……それぞれを話し合う期限も決めておかなければなりません」

進行役が会議の流れを説明していると、ボソリとヤジが入る。

ただの説明にも文句を言われ、進行役が言葉に詰まった。

そこで、ある貴族が手を上げた。

「集められた者の中には、このように大人数での会議に参加したことがなく、ルールが解らない者がいるようだ。そこを初めに話してはどうだ？　フンッ」

「なっ！　なんだと！」

シニカルな表情で嫌味《いやみ》を言った貴族とヤジを言った貴族がにらみ合い、バチバチと火花を散らす。

「まあまあ、落ち着かれてください。発言を宜しいですか？」

フール領主が穏やかな笑《え》みを浮かべて仲裁に入る。

進行役に確認《かくにん》を取り、会議中のルールの必要性・有効性と進行役が言った一つ一つの懸案事項がスムーズな会議進行の為に最良であることを話し、フール領主は出席者全員にルールの大切さを意識させた。

そのおかげで、その後話し合いが中断することがなくなり、少しずつ懸案事項が決定されていった。

まず真っ先に決められたのは、選出決定までの業務遂行形態。

上層部がモンスタービート議会に拘束されてから政務が滞《とどこお》り始め、現在各部署長の机の上は書類タワーが何本もできている。

官吏《かんり》達は溜まっていく書類に阿鼻叫喚《あびきょうかん》し、貴族を見かけると捕まえて国政危機と上層部の早期就任を切々と訴えるという、なかなか迷惑な行為《こうい》を頻繁《ひんぱん》にしていた。

それで、かなりの貴族が国政の停滞《ていたい》を知っており、一番に話し合われたのだ。

次に決められたのは、検討する順番。そして、それぞれの事案の話し合いの期限。それにより、選出決定日がおのずと決まった。

各事案の話し合い期限はあくまでも予想と目標とし、選出決定日も目標とされた。

なんとか会議が進んでいるなと、進行役がほっと息を吐《つ》いて時間を確認すると、今日の会議終了《しゅうりょう》の時間まで10分程となっていた。

キリもいいだろうと、進行役は今日の会議を終わらせようと口を開いた。

「皆様、間もなく会議終了時間となります。キリが良いので本日はここまでとさせて頂いてよろしいでしょうか？」

皆の顔を見回し、反対意見があるか確認していると、フール領主がニコニコしながら手を上げた。

会議進行中、フール領主に何度も助けられていた進行役は、快くフール領主の発言を促した。

「フール領主様、何でしょうか？」

「明日から選出決定日まで、話し合いが続きますね。お互いに意見をしっかりと持っていることが、今日の会議で解ったと思います。その中で、少し気になることがありました。もしかしたら私の思い違いかも知れませんが、確認しておいた方が良いのではないかと思います」

「……確認ですか？」

会議がなんとか進んだ事にホッとしていた進行役は、話し合い中に特に気になるような事は無かったし終了時間が迫っているのに、と少し戸惑った。

「どのような事でしょう？」

貴族たちも気になるのか、フール領主に注目して発言を待った。

「今回の処罰についての共通認識の確認ですね」

「共通認識ですか？」

進行役は首を傾《かし》げた。

「そうです。絶対にしなければならないのは、条約違反をした原因の確認でしょうね。それと、私が気になったのは、違反内容、モンスタービート条約、そして、この国と国民の国際的評価、の確認ですね。あと出来れば、モンスタービート会議内容でしょうか」

「……多いですね」

「そうですね。ですが、私は、大切な事だと思いますよ」

時間を気にしてつい本音が出てしまった進行役。その様子に、フール領主は苦笑いを返した。

「我々は今回のモンスタービート会議内容をほとんど知りません。議題、進行状況、条約違反の露見理由、我が国《くに》の対応、各国の対応、各国からの要請《ようせい》など、詳しい内容を知らずただ処罰のみを簡潔に伝えられました。知らない事は大変危険な事だと思います。知らないからこそ、同じ事を繰り返してしまう可能性がありますから」

「なるほど」

進行役も貴族たちも、下された処罰内容以外の詳細《しょうさい》を知らないことに気付きだした。

「少し宜しいか？」

難しい顔をした貴族から手が上がった。

「フール領主殿《どの》が言っている事は理解できる。しかし、どうやって確認するのだ？」

自分だけが知っている情報を曝《さら》すのは、優位性を無くしてしまうことになる。貴族にとっては、武器を相手に渡すようなものだ。

彼は、そんなことはしたくないと難色を示した。

進行役も、どうやって確認するのだろう？　とフール領主を見つめた。

「聞けばよいのですよ」

フール領主は、人に頭を下げて教えを請う行為を何とも思わない様子で笑ってキッパリと言った。

矜持《きょうじ》が無いのかと呆《あき》れて貴族は聞き返した。

「はん。誰に？」

「勿論《もちろん》、モンスタービート議会にですよ？」

見下されていることも気にせず、満面の笑みでフール領主は答えた。

「はぁあ？」

フール領主に質問していた貴族は、予想外の答えにびっくりし過ぎて口の悪さが出てしまった。

進行役も他の貴族達も、「敵対視している相手に教えを請う事は命を差し出《だ》すのと同じ事ではないか?!」と、フール領主の発想に驚愕《きょうがく》し、口が開いていた。

「なっ！　貴族としての誇《ほこ》りはないのか！」

何故《なぜ》わざわざ無能を曝すような真似《まね》をするのかと、質問していた貴族がフール領主に詰め寄る。

他の貴族達もキツイ視線をフール領主に向けた。

フール領主は、全方位からの刺《さ》さるような視線を気にした素振りも見せずに、微笑《ほほえ》んだまま貴族達の顔をぐるっと見回した。

そして、全員の表情を確認したかと思うと、元の方向に向き直って、にこやかだった表情をバッサリ無くして無表情で言った。

「勿論、ありますよ？　…………ですが、貴方《あなた》とは少し違うようですね」

刺すような視線を送っていた貴族達は、雰囲気が一気に変わったフール領主にびびって固まった。

「『貴族としての誇り』にしても、私と貴方が違うように、人それぞれ違います。それは、個人の問題ですからいいでしょう。しかし、此度の『条約違反』は、条約に対する『我が国の認識』と『各国の認識』が『違っていたから』国際的な問題となりました。『条約に対する認識』は、間違えたらいけないのです。ですから、他国と同じ認識、共通認識を持つ必要があると私は、先ほどから言っているのです。間違いを正す為には、個人の思惑《おもわく》や感情など必要ありません」

フール領主は、片眉《かたまゆ》を上げてピシャリと言いはなった。

急に雰囲気の変わったフール領主に、進行役はびっくりし、「怒《おこ》らせるとこうなるんだ……」と冷《ひ》や汗《あせ》をかいた。

他の貴族達も、フール領主の迫力《はくりょく》に顔色を悪くして視線を外した。

フール領主に詰《つ》め寄《よ》った貴族は、無言のまま視線をウロウロさせて気まずそうな様子になっている。どうすればこの場を収拾できるのか考えているのだろう。

その様子を見て、フール領主はクスリと笑って表情を戻《もど》し、笑顔で言った。

「共通認識《にんしき》って、大切でしょう?」

「あ……ああ……」

「ここにいる我々の中から、上層部が選出される可能性もあります。ですから、正しい共通認識を皆で持ちましょう?」

「「「「ああ（ハイッ！）」」」」

フール領主の笑顔に何故か迫力を感じてしまった貴族が、つい一緒《いっしょ》に返事をしてしまった。まるで、フール領主が保育士さんに見えるのは気のせいだろうか。

ほどよい緊張《きんちょう》と柔らかな雰囲気のまま、会議は終了した。

言い出しっぺがお願いしろと、モンスタービート議会に教えを請う役を押《お》し付けら……

担ったフール領主。

にこやかな笑みを浮かべたまま部屋から出て行こうとするフール領主の後ろ姿を、皆、思い思いの顔で見送った。

陶酔《とうすい》した表情で見送る者。

苦々しい表情で見送る者。

無表情で見送る者。

口元を歪《ゆが》めて見送る者。

ニヤリとして見送る者。

皆の視線を背中に感じながら、ドアをくぐった瞬間、フール領主は、冷笑した。


——ある父と息子《むすこ》の会話——


「親父、どうだった？」

王城の廊下《ろうか》をカツカツと歩いていた壮年《そうねん》のおじ様に、待ち合わせていたかのように、柱の陰《かげ》から特務団の制服を着た青年が、声をかけた。

「どうもこうもないですねぇ。はあ……本当に疲《つか》れました。彼等は言い合いをすれば何でも解決できるとでも思っているんでしょうか……」

立ち止まって、ため息をつきながら、青年に話し出す壮年のおじ様。

「おぅ……そっ……そんなに？」

「まあ、いいんですよ。彼等には彼等の考えが有ってのことですから。それに、良いこともありましたよ」

「そうなのか？」

廊下の隅《すみ》っこの方に移動しながら話す２人。

「はい。モンスタービート議会の方々と面会する役を貰《もら》えましたからね。うふふふふ」

肉食獣《じゅう》のような笑みを浮かべた壮年のおじ様。

「親父、顔」

「おっと。つい嬉《うれ》しくて」

「個別で面会を申し込んでもハネられるんじゃないのか？」

「貴族代表として、正式な国からの申し込みになるので、受けていただけたのですよ。ああ、早くお話ししたいですね」

「……顔と言葉が微妙《びみょう》に合ってない。苦い顔して話したいって……何があったんだ？」

「……話がね、通じないんですよ。他の勢力の貴族と。もう、ほっとこうかと思ったんですがね、モンスタービート議会と繋《つな》がりを作る良い機会に出来るかも知れないと思いまして。我慢《がまん》して頑張《がんば》ったんですよ？　思い出して、ちょっと顔に出てしまいましたね。気を付けます」

心底疲れたと言わんばかりの表情をして、話す壮年のおじ様。

その仕草がわざとらしく感じたのか、青年はポツリとぼやいてしまった。

「……我慢したんじゃなくて、脅《おど》したんじゃないか？」

「ん？　何か言いましたか？」

小さな声だったはずなのに反応する壮年のおじ様の耳は高性能のようです。

「い……いいえ、何でもないです！」

「で、お前はどうしたんですか？」

「ああ、ちょっと親父の耳に入れとこうと思って」

「？　どんなことですか？」

「軍務団のことだよ。団長・副団長・襲撃《しゅうげき》に加担した奴《やつ》らが居なくなったから、結構大人しくなってただろ？」

「そうですね。実力が伴《ともな》っていないのに煩《うるさ》かったですから、静かになって良かったです」

「……満面の笑み……えらい嬉しそうだな……」

「で？」

「怖っ。また勘違《かんちが》い野郎が、俺《おれ》らモンスタービート討伐《とうばつ》参加領の取り潰《つぶ》しを狙《ねら》ってるってよ。ウォルからの情報だ」

「ああ、ドーン領主の息子さんですね」

「そうだ。俺らの余裕《よゆう》が気に食わないから、財産ブン捕《ど》りたいらしいぜ。親父は、ドーンさんから何か聞いてるか？」

「特には……。ああ、貸付《かしつけ》の依頼《いらい》がよく来るって言っていましたね。突っぱねているらしいですけど」

「それか……」

「まあ、大丈夫《だいじょうぶ》です。国を代表して、モンスタービート議会に面会するのですから、皆に報告する義務がありますからね。ふふふ」

嬉しそうに話す壮年のおじ様。

「みんなにねぇ……」

「ええ、みんなに、ですよ。ふふっ」

含みのある言葉と目線を交わし合う青年と壮年のおじ様。

この2人の周りだけ、不穏《ふおん》な空気が漂う。

何かを確認するように、お互い不遜《ふそん》な笑みをこぼしながらじっと見つめ合う。

ふっと気を抜いた青年が、視線を外しながら壮年のおじ様に話しかける。

「……で、モンスタービート議会にアレは提案すんのか？」

「ん～。今言っても、『幾つかの領地の意見』であって、『国の意見』になりませんから、さわりだけにしておきます」

「まあそうか」

「ええ。『元マルナ領地の意見』として、聞いてもらえるなら有難《ありがた》いんですけどね」

「じゃあ、あっちの策でいくのか」

「今のところは」

「解《わか》った。ウォルに何か言っとくことがあるか？」

「彼なら大丈夫でしょうけど、襲撃と揚《あ》げ足《あし》取りに気をつけて、と」

「解った。じゃあ……」

話は終わったと踵《きびす》を返して立ち去ろうとした青年。

「ちょっと待ちなさい。お前は、バルフェ様かオルコ様と面会出来ますか？」

壮年のおじ様は、青年を呼び止めて、真剣《しんけん》な顔をして尋《たず》ねた。

「ん～、今は無理」

「そうですかぁ……はぁ……」

「申し込みは出来るけど、まず無理」

「そうですよねぇ……ふぅ……」

落ち込んだ壮年のおじ様。

「でも、通達の時にたまに特務団に来てる」

「ほっ、本当に⁉」

一条の光！　とばかりに、満面の笑みで壮年のおじ様は青年の手を握る。

「イテッ！　親父、イテぇ！　手！　放せ！」

「ああ、すみません。興奮してしまいました」

「チッ。バルフェさんに見せたいぜ。親父のバルフェ様熱を」

「……止めておきなさい。私が暴走しますよ？」

一瞬《いっしゅん》真顔に戻って、壮年のおじ様は青年を窘《たしな》める。

暴走ぶりを知っている青年は顔を白くしていく。

「そっ、それだけは勘弁《かんべん》！」

「で、話は出来ますか？　というか、何の通達ですか？」

「話は無理。委託《いたく》業務の説明や、魔物《まもの》管理の予定、参加貴族の管理とかの通達で、関係無い話は、一切《いっさい》出来ない雰囲気《ふんいき》だな。1度、思い余ってどうにかして欲《ほ》しいって発言した奴がいるんだけど、一刀両断『自分達で何とかしろ』って。で、関係無い話は聞いてもらえなくなった」

「はあ……。そうですか……」

肩《かた》を落とす壮年のおじ様。

「まあ、俺ら特務団はどっちかって言うとマルナ領地の下部組織的なものだからな。会う確率は親父よりも高いな」

「……もう、色々と面倒臭《めんどうくさ》いんですよねー。息抜《いきぬ》きも出来なくなったし」

「あれか。バルフェさんとの飲み会」

「そうなんですよ……。美味《おい》しいお酒とツマミ。そこに、領地の話題や魔物の討伐話。楽しく、ためになる話を、信頼し合えてフィーリングが合う方と出来る事が、どれ程幸せなことか。今、物凄く噛《か》み締《し》めていますよ………」

「…………。取り敢《あ》えず、親父、お疲れさん」

「……はあ。……飲み会だけでもできませんかねぇ……」

「旨《うま》い酒とツマミ、用意しとくように家に言っとくわ。じゃあ、親父、頑張れ」

「ハァ……」

「モンスタービート議会の集まってる部屋に、バルフェさん居るかもよ？」

「!! 行ってきますっ♪」

青年の言葉に、スキップしそうな勢いで嬉しそうに壮年のおじ様は去っていった。

◆エピローグ

父や兄の仕事もだいぶ落ち着き、一見日常を取り戻したかのような毎日を送っている。以前は人の出入りが激しかったのが、落ち着いているから、そう感じているのかもしれない。その実、父や兄達は真夜中まで仕事してるんだけどね。

そして、マルナ領民が以前より笑顔で活《い》き活きと生活しているように見える。それは私の思いがそう感じさせているのかもしれないが、心が温かくなる。

ゴアナ国からせしめたモンスタービート討伐報酬《とうばつほうしゅう》を、マルナ領民に配布した事で一気に金持ちになった領民達。

以前に比べて、マルナ領に来る他国の旅行者や商人の人数が段々と増えつつある今、他国との習慣の違《ちが》いや治安維持《いじ》で、様々な問題が起こるだろうと予想される。

それでも、領民達の笑顔を見る限り、きっと大丈夫だろうという気がする。

だって、強い戦闘《せんとう》領民ですから。それに、10年に1度の悲しみを乗り越えられる心の強さも兼《か》ね備えてるしね。

きっと、父と兄も同じ気持ちで、新たなマルナ領の領政を築いてくれると思う。

そんな中で、チロッと小耳に挟《はさ》んだのは、ゴアナ国の内政が上手《うま》く纏《まと》まらないという噂《うわさ》。

ゴアナ国内がどんな風に荒れているのか、マルナ領にどんな思いを抱《だ》いているのか、詳《くわ》しくは解らない。

国王や宰相、バカ男の顔が思《おも》い浮かぶが、彼等《かれら》は処罰を受けたはず。

ならば、新国王……は置いておいて、宰相候補を思い浮かべてみるが相応しい人物が出てこない。

……というか、約1名父の信者が思い浮かんだが、慌《あわ》てて消す。

あの人が宰相とかになったら、マルナ領に属国するとか言いかねない気がする。

いかんいかん。

国政の事は父と兄に任せておけばいい事なので、考えるのは止《よ》そう。

とりあえず今したいことは、臣下達とした野営訓練が思いの外《ほか》楽しかったので、プチ魔物討伐訓練《ものとうばつ》がしてみたいという事。

なので、父と兄におねだりをしてみたが、

「今は、他国の人の出入りが激しいから、止めなさい」

膝《ひざ》をついて私の両腕《りょううで》を握りながら、目をじっと合わせて真顔で説得する父。

「レミー。それよりもやらなきゃいけない事があるよ。モンスタービート会議で写真機とか映写機とか音声レコーダーとか披露しちゃったよね？　それらの注文が既に何件か入ってるよ。たぶん今後もっと注文されるだろうから、在庫が必要だと思うよ？」

にこやかな顔で言う兄だが、それでいて有無《うむ》を言わせない迫力を感じる。

「だから、レミー。作業場で魔道具の作製頑張ってね」

「頑張りなさい。レミー」

父と兄に促され、私のプチ魔物討伐訓練の希望は潰《つい》えた。

……というか、お家《うち》から出してもらえないんですけど?!

しょうがないので、父と兄の言う通り今は魔道具の作製に精を出すけど、絶対にプチ魔物討伐訓練を決行してやるんだから。

私は私で冒険者になるために頑張ろう！

そして将来絶対に冒険者になってやる!!

あとがき

この本をお手に取っていただき有難うございます。そして、文章力、表現力、展開構成等々、未熟な点が多々あったと思いますが、最後まで読んで下さり誠に有難うございます。

私は元々小説を『読む派』で、所謂《いわゆる》『読み専』でした。そんな私が何故小説を書いたのか……。それは、友人の一言がきっかけでした。

『自宅警備員』の私は、自宅警備以外の時間は読書・映画鑑賞・惰眠《だみん》のどれかをしており、世間で言う『ぐうたら生活』を満喫《まんきつ》していました。しかしそんなある日、私がネット小説に嵌《はま》っている事を知っていた友人から「そんなに時間があるなら、どうせなら自分で小説書いてみたら?」と言われました。その時は、『文才も才能も無いのに、そんな事出来る訳が無い』と思いましたが、友人の一言が頭から離れず、暇な時間に悶々《もんもん》と考えて、段々と『暇つぶしに書いてみるか? どうせ誰も見ないだろうし』という気持ちになっていました。そして、そんな軽い気持ちで小説サイトに勢いで小説を投稿しました。

するとどうした事か、いつの間にか小説サイトのランキングを駆け上がり、気が付けば

『日間ランキング2位』『週間ランキング5位』という想像を超える好評価を頂いていました。これには、二度見、三度見をしてしまったくらい本当に驚きました。驚き過ぎて、相方に内緒にしていた小説投稿がバレました（笑）。

そうして、小説に感想を頂いたり、反響を頂いたりして、嬉しい楽しい気持ちで更新を続けていた所へ、小説サイト内の作品紹介に載せて頂いたり、書籍化のお話を頂いたりしました。こんなにもトントン拍子に進んでいく事態《じたい》に、一度は……いえ五度は『こんな事はあり得ない』と実感がありませんでした。それに、軽い気持ちで始めた小説が本になってもいいのかという不安、疑問がありました。なぜなら、実はこの小説、当初考えていたあらすじがどこかへ飛んで行って、いつの間にか話の展開が思わぬ方向へと逸れて行き、出来上がったものだったからです。しかし、一生に何度も無いであろうと思いましたので、書籍化のお話をお受け致しました。

こうして書籍化の運びとなりましたのも、出版関係者の皆様、読者の皆様あっての事と心から感謝しております。本当に有難うございます。そして、世間（知り合い）には「官能小説家」と言いながらも、挙動不審《きょどうふしん》な私をそっと見守り陰で支え応援してくれている相方に感謝の想いでいっぱいです。これからも、皆様に楽しく読んでいただける小説が書けるように頑張りたいと思います。

転生令嬢の
身を守る
異世界ライフ術

衝撃は防御しつつ返すのが当然です

春を迎えたブリュンヒルド公国。
各国の王たちが集まる花見の最中に
桜の記憶がついに蘇る。
それは魔王が治める
魔王国ゼノアスでの波乱の幕開けだった。
フォンとともに。10
2017年9月発売予定！

姿を現わす第二の支配種・ギラ。
そして魔法王国
《マギアインペリウム》を築かんと
謎の組織『黄金結社
《ゴルディアス》』が動き始め――!!
異世界はスマート
冬原パトラ
illustration■兎塚エイジ

カレンの乱入により魔王城突入用の
戦艦を壊されてしまった蓮弥達は、
修理の間に訓練の度合いを深めることとなった。
そんな中蓮弥は幼女神様から、
改めて世界の崩壊を止めて欲しいとの依頼を受ける。
異世界で 17
著／まいん
イラスト／かぼちゃ

やがて修理を終えた戦艦は、
魔王討伐の遠征軍を乗せ
クリンゲの地下工場より
魔王城へと向けて発進するが……。
コミックス第2巻
6月23日発売!
著:まいん　漫画:安房さとる
キャラクター原案:かぼちゃ
本体価格:600円+税　KADOKAWA刊
二度目の人生を異世界で2
原作:まいん　キャラクター原案:かぼちゃ
漫画:安房さとる
2017年10月発売予定!
二度目の人生を

ラピスの身体の所在情報により、
ロレンとラピスは冒険者養成学校の
卒業試験同行依頼を引き受けることに。
2017年 9月発売予定!
著者／まいん イラスト／ peroshi

そこの卒業生だというクラース達も合流し、
学校へと赴いたロレン達。
ラピスの体の一部があるらしい迷宮へ、
学生パーティと潜ることになったのだが……
食い詰め傭兵の
幻想奇譚3

HJ NOVELS
HJN26-01

衝撃は防御しつつ返すのが当然です
―転生令嬢の身を守る異世界ライフ術―

2017年7月22日　初版発行

著者――TO～KU

発行者―松下大介
発行所―株式会社ホビージャパン
〒151-0053
東京都渋谷区代々木2-15-8
電話　03(5304)7604（編集）
03(5304)9112（営業）

印刷所――大日本印刷株式会社

装丁――coil／株式会社エストール

Printed in Japan

ISBN978-4-7986-1489-2　C0076